La casa
que amé

TATIANA DE ROSNAY

La casa que amé

Traducción de Sofía Tros de Ilarduya

punto de lectura

Título original: *Rose*
© 2010, Éditions Héloïse d'Ormesson
© Traducción: 2011, Sofía Tros de Ilarduya
© De esta edición:
2012, Santillana Ediciones Generales, S.L.
Avenida de los Artesanos, 6. 28760 Tres Cantos. Madrid (España)
Teléfono 91 744 90 60
www.puntodelectura.com

ISBN: 978-84-663-2645-2
Depósito legal: M-27.575-2012
Impreso en España – Printed in Spain

Ilustración de cubierta: OpalWorks

Primera edición: octubre 2012

Impreso por **black**print
A CPI COMPANY

Para mi madre, Stella, y mi House Man: *NJ*

«París troceado a sablazos, con las venas abiertas».
ÉMILE ZOLA, *La jauría*, 1871

«Murió el viejo París (cambia de una ciudad / la forma,
¡ay!, más deprisa que el corazón de un hombre)».
CHARLES BAUDELAIRE, *El cisne*, 1861

«Deseo que todo eso esté inscrito en mi cuerpo,
cuando muera. Creo en semejante cartografía:
las inscripciones de la naturaleza y no las
simples etiquetas que nos ponemos en un mapa,
como los nombres de los hombres y
las mujeres ricos en ciertos edificios».
MICHAEL ONDAATJE, *El paciente inglés*

Querido:

Puedo oír cómo suben por nuestra calle. Es un rugido extraño, amenazante; sacudidas y golpes. El suelo tiembla bajo mis pies. También oigo los gritos, unas voces masculinas, altas, excitadas, el relincho de los caballos y el martilleo de sus cascos. El rumor de una batalla, como aquel terrible mes de julio tan caluroso en el que nació nuestra hija, aquella hora sangrienta en la que la ciudad se erizó de barricadas. Hay nubes de polvo sofocantes, un humo agrio, tierra y escombros.

Le escribo estas letras sentada en la cocina vacía. La semana pasada embalaron los muebles y los enviaron a Tours, a casa de Violette. Dejaron la mesa, era demasiado voluminosa, también la cocina de esmalte, muy pesada. Tenían mucha prisa y yo no pude soportar el espectáculo. Aborrecí cada minuto. La casa despojada de todos sus enseres en un brevísimo instante. Su casa, la que usted pensaba que se salvaría. ¡Ay, amor mío! No tema, yo no me marcharé jamás.

Por las mañanas, el sol se cuela en la cocina, eso siempre me ha gustado. Pero hoy, esta cocina, sin Mariette apresurada, con la cara enrojecida por el calor de la estufa, y sin Germaine refunfuñando mientras se recompone los rizos que se le escapan del moño prieto, es un lugar muy lúgubre. Con un ligero esfuerzo, casi puedo oler las bocanadas de humo del ragú de Mariette, que tejían lentamente una apetitosa redecilla por la casa. Nuestra cocina, antaño llena de alegría, está triste y desnuda, le faltan las cazuelas y las ollas resplandecientes, las hierbas, las especias en sus tarritos de cristal, las verduras frescas del mercado y el pan caliente en la panera.

Recuerdo el día que llegó la carta, el año pasado, un viernes por la mañana. Yo leía *Le Petit Journal* junto a la ventana del salón, mientras tomaba un té. Siempre me ha gustado ese momento apacible, antes de que comience el ajetreo diario. No era nuestro cartero habitual. A ese, no lo había visto nunca. Un hombretón grande y huesudo, con una gorra de plato verde que le cubría el pelo de lino. Llevaba una bata de color azul con el cuello rojo que parecía demasiado ancha para él. Vi cómo se llevaba una mano ágil a la gorra y entregaba el correo a Germaine. Luego desapareció y lo oí silbar bajito mientras seguía su ruta por la calle.

Después de dar un sorbo al té, volví al periódico. Aquellos últimos meses, la Exposición Universal estaba en boca de todos. Siete mil extranjeros invadían los bulevares todos los días. Una vorágine de invitados de prestigio: Alejandro II de Rusia, Bismarck, el virrey de Egipto. ¡Qué triunfo para nuestro emperador!

Distinguí los pasos de Germaine en la escalera y el frufrú de su vestido. Es raro que yo reciba correo. Generalmente, una carta de mi hija, cuando considera que tiene que mostrarse atenta, o de mi yerno por la misma razón. A veces, una postal de mi hermano Émile o de la baronesa de Vresse, desde Biarritz, junto al mar, donde pasa los veranos. Eso sin contar los recibos e impuestos esporádicos.

Aquella mañana, me fijé en el sobre blanco y largo. Le di la vuelta: «Prefectura de París. Ayuntamiento» y mi nombre en grandes letras negras. Lo abrí. Las palabras se distinguían claramente, pero no pude comprenderlas. No obstante, tenía las gafas bien sujetas en la punta de la nariz. Me temblaban tanto las manos que tuve que dejar la hoja en las rodillas y respirar profundamente. Cogí de nuevo la carta y me obligué a leerla.

—¿Qué ocurre, señora Rose? —gimió Germaine.

Debía de haber visto mi expresión.

13

Metí la carta en el sobre, me levanté y me alisé la falda con las palmas de las manos. Un bonito vestido de color azul oscuro, con el número justo de volantes para una señora mayor como yo. Usted lo habría aprobado. También recuerdo el calzado que llevaba puesto, unas simples zapatillas, suaves y femeninas, y recuerdo el grito que soltó Germaine cuando le expliqué lo que decía la carta.

Más tarde, mucho más tarde, sola en nuestra habitación, me derrumbé encima de la cama. Por más que supiera que aquello podía suceder en cualquier momento, la impresión fue terrible. Entonces, mientras todos los de la casa dormían, cogí una vela y el plano de la ciudad que le gustaba observar. Lo desplegué encima de la mesa del comedor y tuve cuidado de no verter cera caliente encima. Sí, veía la progresión inexorable de la calle Rennes, que surgía derecha hacia nosotros desde la estación del ferrocarril de Montparnasse, y del bulevar Saint-Germain, ese monstruo hambriento, reptando hacia el oeste desde el río. Con dos dedos temblorosos, seguí el rastro hasta donde se unen. Exactamente en nuestra calle. Sí, nuestra calle.

En la cocina reina un frío glacial, tengo que bajar a buscar un chal y también unos guantes, pero solo para la mano izquierda, porque con la derecha quiero seguir escribiéndole.

Hace unos quince años, cuando nombraron al prefecto, usted se mofaba: «Nunca tocarán la iglesia, ni las casas de su alrededor». Luego supimos lo que iba a ocurrir con la casa de mi hermano Émile, pero usted seguía sin tener miedo: «Estamos cerca de la iglesia, eso nos protegerá».

A menudo voy a sentarme a la iglesia, tranquila y apacible, para pensar en usted. Ahora hace diez años que murió, pero para mí es como si hubiera pasado un siglo. Contemplo los pilares y los frescos, recién restaurados, y rezo. El padre Levasque se acerca a mí y cuchicheamos en la penumbra.

—¡Señora Rose, hará falta más que un prefecto o un emperador para amenazar nuestro barrio! Childeberto, rey merovingio y fundador de esta iglesia, vela por su creación como una madre por su hijo.

Al padre Levasque le gusta recordarme cuántas veces se ha saqueado, destrozado, quemado y arrasado la iglesia desde la época de los normandos, en el siglo IX. En tres ocasiones, creo. Amor mío, qué equivocado estaba.

La iglesia se salvará, pero nuestra casa no. La casa que tanto amaba usted.

El día que recibí la carta, el señor Zamaretti, el librero, y Alexandrine, la florista, que habían recibido el mismo correo de la prefectura, subieron a visitarme. No se atrevían a mirarme a los ojos. Sabían que a ellos no les resultaría tan terrible; siempre habría un hueco en la ciudad para un librero y una florista. Pero sin la renta de los locales comerciales, ¿cómo llegaría yo a fin de mes? Soy su viuda y sigo alquilando los dos locales que me pertenecen, uno a Alexandrine y el otro al señor Zamaretti; como lo hacía usted, como lo hizo su padre antes que usted, y el padre de su padre.

Un pánico frenético se apoderó de nuestra callejuela, que no tardó en llenarse del bullicio de todos los vecinos, carta en mano. ¡Qué espectáculo! Todo el mundo parecía haber salido de sus casas y todos vociferaban, hasta la calle Sainte-Marguerite: el señor Jubert, el de la imprenta, con el delantal manchado de tinta, y la señora Godfin, de pie en el umbral de su herboristería. También estaba el señor Bougrelle, el encuadernador, fumando en pipa. La picaruela señorita Vazembert, la de la mercería (usted no la conoció, alabado sea el Señor), iba y venía por la acera, como pavoneándose, con un miriñaque nuevo. Nuestra encantadora vecina, la señora Barou, me dedicó una gran sonrisa cuando me vio, pero me di cuenta de lo desesperada que se sentía. El chocolatero, el señor Monthier, era un mar de lágrimas. El señor Helder, el propietario de ese restaurante que tanto le gustaba a usted, Chez Paulette, se mordía nervioso el labio, lo que le agitaba el poblado bigote.

Yo llevaba puesto un sombrero, nunca salgo sin él, pero, con las prisas, muchos olvidaron el suyo. El moño de la señora Paccard amenazaba con desmoronarse cuando meneaba con furia la cabeza. El doctor Nonant, también con la cabeza descubierta, agitaba el dedo índice rabioso. El señor Horace, el tabernero, consiguió que se le oyera entre el tumulto. Desde que usted nos dejó, él sigue siendo el mismo. Quizá tenga el pelo rizado algo más gris y su panza haya adquirido una pizca de volumen; sin embargo, sus maneras estridentes y la risa so-

17

nora no se han debilitado. Sus ojos, negros como el carbón, echan chispas.

—Señoras y señores, ¿qué hacen chismorreando a voz en grito? ¿De qué nos servirá eso? Les invito a una ronda a todos, ¡también a los que no frecuentan mi antro!

Por supuesto, se refería a Alexandrine, la florista, a quien le repugna la bebida. Un día me contó que su padre había muerto alcohólico.

La taberna del señor Horace es húmeda y tiene el techo bajo, no ha cambiado desde su época. De fila en fila, las botellas cubren la pared y unas pesadas cubas coronan los bancos de madera. Nos reunimos todos junto a la barra. La señorita Vazembert ocupaba un espacio considerable con su miriñaque. A veces me pregunto cómo pueden llevar una vida normal las damas embutidas en esos engorrosos arreglos. ¿Cómo diantre se subirán a una calesa o se sentarán para cenar? Y eso por no mencionar las necesidades íntimas naturales. Seguro que a la emperatriz no le supone demasiado esfuerzo, bueno, lo supongo, porque vive rodeada de damas de compañía que responden a sus más mínimos caprichos y satisfacen sus más mínimas necesidades. Cuánto me alegro de ser una señora mayor de casi sesenta años. No tengo que ir a la moda, ni preocuparme por la forma del justillo ni de las enaguas. Pero estoy divagando, ¿no, Armand? Debo seguir con mi historia. Siento los dedos cada vez más fríos. Pronto tendré que preparar un té para calentarme.

El señor Horace sirvió aguardiente en unos vasos sorprendentemente finos. No probé el mío y Alexandrine tampoco; pero nadie se dio cuenta. Todos se dedicaban a comparar sus cartas, que empezaban así: «Expropiación por decreto». Recibiríamos una determinada cantidad de dinero según nuestros bienes y nuestra situación. Debían destruir completamente la calle Childebert para continuar la prolongación de la calle Rennes y del bulevar Saint-Germain.

Tenía la sensación de estar junto a usted, allá arriba, o dondequiera que se encuentre, y de observar la agitación desde lejos. Lo que, en cierto modo, me protegió. Envuelta en una especie de aturdimiento, escuchaba a los vecinos y observaba sus diferentes reacciones. El señor Zamaretti no dejaba de secarse el sudor que le perlaba la frente con un pañuelo de seda. Alexandrine permanecía inalterable.

—Dispongo de un excelente abogado —anunció el señor Jubert antes de vaciar de un trago su vaso de aguardiente, que apretaba con los dedos sucios y manchados de negro—. Él me sacará de esta. Sería grotesco plantearse abandonar la imprenta. Diez personas trabajan para mí. El prefecto no será quien diga la última palabra.

La señorita Vazembert, con un delicioso serpenteo de enaguas susurrantes, intervino:

—Señor, pero ¿qué podemos hacer nosotros frente al prefecto y el emperador? Llevan quince años arrasando la ciudad. Somos lisa y llanamente impotentes.

La señora Godfin asintió, con la nariz de color rosa fuerte. Luego intervino el señor Bougrelle en voz alta, sorprendiéndonos a todos:

—Quizá podamos ganar dinero con todo esto. Y mucho, si actuamos astutamente.

El local estaba nublado de humo, hasta tal punto que me picaban los ojos.

—Vamos, amigo —espetó con desprecio el señor Monthier, que, por fin, había dejado de llorar—. El poder del prefecto y del emperador es inquebrantable, y nosotros ya tendríamos que saberlo, hemos sido testigos más de lo debido.

—¡Desgraciadamente! —suspiró el señor Helder, con la cara roja.

Yo los miraba a todos en silencio, junto a Alexandrine, tan poco elocuente como yo. Me fijé en que los más furiosos del grupo eran la señora Paccard, el señor Helder y el doctor Nonant. Probablemente, los que más tenían que perder. Chez Paulette disponía de veinte mesas y el señor Helder contrataba personal para garantizar el servicio de su excelente establecimiento. ¿Recuerda que ese restaurante estaba siempre lleno? Acudían clientes hasta de la margen derecha para saborear su exquisito estofado.

El hotel Belfort se alza orgulloso en la esquina de la calle Bonaparte con la calle Childebert. Dispone de dieciséis habitaciones, treinta y seis ventanas, cuatro plantas y un buen restaurante. Para la señora Paccard, perder ese hotel significaba perder el fruto del trabajo de toda una vida, algo por lo que su difunto marido y ella habían luchado. Yo sabía que ponerlo en marcha no había sido fácil. Habían trabajado día y noche para acondicionar el establecimiento, para darle la categoría que entonces tenía. Durante los preparativos de la Exposición Universal, el hotel exhibía el cartel de completo todas las semanas.

Respecto al doctor Nonant, nunca lo había visto tan indignado; la rabia le desfiguraba el rostro, por lo general muy tranquilo.

—Perderé todos mis pacientes —estalló—. Todo lo que he conseguido año tras año. Tengo la consulta en una planta baja, por lo que el acceso es fácil, sin escaleras incómodas; las habitaciones son amplias, soleadas, mis pacientes se sienten bien. Estoy a dos pasos del hospital, donde paso consulta, en la calle Jacob. ¿Qué voy a hacer ahora? ¿El prefecto se imagina que me daré por satisfecho con una absurda cantidad de dinero?

Sépalo, Armand, me resultaba curiosa la sensación de estar en aquella taberna, escuchando a los demás, y saber que, en mi fuero interno, no compartía su enojo. Todos me miraban y esperaban que, como viuda, hablase para expresar mi propio miedo por perder los dos locales comerciales y sus respectivas rentas. Amor mío, ¿cómo podría explicarles? ¿Cómo iba a revelar aunque solo fuera una parte de lo que aquello significaba para mí? Mi dolor y mi sufrimiento se situaban más allá. No pensaba en el dinero, sino en la casa. En nuestra casa y todo lo que usted la quería. Lo que representaba para usted.

En medio de aquel guirigay, la señora Chanteloup, la agradable tintorera de la calle Ciseaux, y el señor Presson, el carbonero, hicieron una entrada espectacular. La señora Chanteloup, roja de excitación, anunció que uno de sus clientes trabajaba en la prefectura y que ella había visto una copia del plano y del trazado del nuevo bulevar. Las calles desahuciadas de nuestro vecindario eran: Childebert, Erfurth, Sainte-Marthe, Sainte-Marguerite y el pasadizo Saint-Benoît.

—Lo que quiere decir —concluyó triunfante— que ni mi tintorería ni la carbonería del señor Presson corren peligro. ¡No destruirán la calle Ciseaux!

Sus palabras se recibieron con suspiros y gruñidos. La señorita Vazembert la miró de arriba abajo, despectivamente, y luego salió en tromba con la cabeza muy alta. El eco de sus tacones resonó por la calle. Recuerdo mi consternación cuando me enteré de que la calle Sainte-Marguerite, donde nací, también estaba condenada a desaparecer. Pero la auténtica angustia, la que me corroía, la que estaba en el origen de ese miedo que ya no se ha separado de mí, tenía que ver con la destrucción de nuestra casa de la calle Childebert.

Aún no era mediodía. Algunos ya habían bebido demasiado. El señor Monthier volvió a lloriquear con unos hipidos infantiles que me repugnaron y conmovieron a la vez. El bigote del señor Helder se agitó de arriba abajo de nuevo. Yo regresé a casa, donde me esperaban Germaine y Mariette preocupadas. Querían saber qué sería de ellas, de nosotros, de la casa. Germaine había ido al mercado. Allí solo se hablaba de las cartas, de la orden de expropiación, de lo que sufriría nuestro barrio. El vendedor ambulante de frutas y verduras, con su carro descuajeringado, se había interesado por mí: «¿Qué va a hacer la señora Rose? —había preguntado—. ¿Adónde irá?». Germaine y Mariette estaban desesperadas.

Me quité el sombrero y los guantes y, tranquilamente, le dije a Mariette que preparase la comida. Algo sencillo y fresco. Un lenguado, ¿quizá porque era viernes? Germaine dibujó una amplia sonrisa, precisamente acababa de comprarlo. Mariette y ella fueron a trabajar a la cocina. Yo me senté, tranquila, y reanudé la lectura del *Petit Journal*. Me temblaban los dedos y el corazón me latía como un tambor. Pensaba continuamente en lo que había dicho la señora Chanteloup. Su calle solo estaba a unos cuantos metros de aquí, justo al final de la calle Erfurth, y se salvaría. ¿Cómo era posible? ¿En nombre de quién?

Por la noche, Alexandrine vino a hacerme una visita. Quería charlar conmigo sobre lo que había ocurrido por la mañana y saber qué pensaba de la carta. Irrumpió como de costumbre, un torbellino de tirabuzones envueltos en un chal ligero, pese al calor. Amablemente, pero con firmeza, invitó a Germaine a que nos dejara y se sentó junto a mí.

Armand, permítame que se la describa, porque llegó al año siguiente de su muerte. Cómo me habría gustado que la hubiera conocido. Tal vez ella es el único rayo de sol de mi triste existencia. Nuestra hija no es un rayo de sol en mi vida, pero eso ya lo sabe, ¿no es cierto?

Alexandrine Walcker ocupó el local de la anciana señora Collévillé. «¡Qué joven!», pensé cuando la vi por primera vez. Joven y segura de sí misma. Apenas tenía veinte años. Daba vueltas por la tienda, hacía gestos y lanzaba comentarios mordaces. Bien es verdad que la señora Collévillé no había dejado el local muy limpio. Ni, por otra parte, lo tenía particularmente acogedor. La tienda y sus dependencias eran siniestras y oscuras.

Alexandrine Walcker es alta y huesuda, con un cuello increíblemente fuerte que parece brotar de su justillo negro. Al principio, su cara redonda, pálida, casi de luna, me hizo temer que fuera idiota, pero no podía estar más equivocada. En cuanto me miró con esos ojos abrasadores de color caramelo, lo entendí. Sus ojos centelleaban de inteligencia. Además, tiene una boquita enfurruñada que sonríe en escasas ocasiones, una curiosa nariz respingona y una melena espesa de bucles tornasolados recogidos con habilidad en lo alto de una redonda cabeza. ¿Guapa? No. ¿Encantadora? No exactamente. Había algo extraño en la señorita Walcker, lo noté en el acto. He olvidado mencionar su voz: dura, chirriante. También tiene la curiosa costumbre de hacer un gesto como si chupara un caramelo. Pero, fíjese, aún no la había oído reír. Eso llevó su tiempo. La risa de Alexandrine Walcker es el sonido más exquisito, más delicioso que pueda oírse, como el murmullo de una fuente.

Le aseguro que no reía cuando examinó la cocina minúscula y repugnante de la habitación contigua, tan húmeda que hasta las paredes parecían rezumar agua. Luego bajó con cuidado los peldaños oscilantes que conducen a la bodega, donde la anciana señora Collévillé acostumbraba a guardar las flores de reserva. El local no pareció impresionarla mucho y me sorprendió saber a través del notario que había decidido instalarse allí.

¿Recuerda que la tienda de la señora Collévillé siempre tenía un aspecto apagado, incluso en pleno mediodía? ¿Que las flores eran clásicas, descoloridas y, reconozcámoslo, ordinarias? En cuanto Alexandrine ocupó la tienda, esta experimentó una transformación deslumbrante. Alexandrine llegó una mañana con una brigada de obreros, unos buenos mozos jóvenes y robustos que organizaron tal jaleo —acompañado de enormes carcajadas— que pedí a Germaine que bajara a ver qué hacían. Cuando me di cuenta de que no volvía, me aventuré a ir yo misma. Una vez en el umbral, me quedé boquiabierta.

La tienda estaba inundada de luz. Los obreros la habían despojado de la triste tapicería castaña y de la pátina gris de la señora Collévillé. Habían eliminado todo rastro de humedad y repintaban las paredes y los rincones de un blanco luminoso. El suelo, recién encerado, brillaba. Habían tirado el tabique que separaba la tienda y la habitación del fondo, así se duplicó el espacio. Aquellos jóvenes, encantadores y además alegres, me recibieron con entusiasmo. Podía oír la voz estridente de la señorita Walcker, que estaba en la bodega, dando órdenes a otro joven. Cuando se dio cuenta de mi presencia, me hizo un rápido gesto con la cabeza. Supe que estaba de más y, tan humilde como una sirvienta, me marché.

A la mañana siguiente, Germaine, con la respiración entrecortada, me sugirió que bajara para echar un vistazo a la tienda. Parecía tan excitada que dejé la labor precipitadamente y la seguí. ¡Color rosa! Rosa, amor mío, y un color rosa que usted jamás hubiera imaginado. Una explosión de rosa. Rosa oscuro por fuera, pero nada demasiado atrevido ni frívolo, nada que hubiera podido conferir algo de indecoroso a nuestro hogar, y un letrero sencillo y elegante encima de la puerta: «Flores. Encargos para toda ocasión». La disposición del escaparate era adorable, tan bonita como un cuadro, hecha con adornos y flores; un derroche de buen gusto y feminidad, la manera ideal de atraer la mirada de una mujer coqueta o de un caballero galante que busca una flor para el ojal que le siente bien. Y en el interior, ¡unos empapelados de colores rosas a la última moda! Era magnífico y tan seductor...

La tienda rebosaba de flores, las flores más hermosas que jamás hubiera visto. Rosas divinas de tonos increíbles, magenta, púrpura, oro, marfil; peonías suntuosas de cabezas pesadas e inclinadas; y los aromas, amor mío, un perfume embriagador, lánguido, que flotaba puro, aterciopelado, como una caricia de seda.

Me quedé, fascinada, con las manos juntas, como una niña. Una vez más, Alexandrine me miró, sin sonreír; sin embargo, adiviné un ligero brillo en su mirada incisiva.

—Entonces, ¿mi arrendadora aprueba el color rosa? —murmuró, mientras recomponía unos ramos con unos dedos rápidos y hábiles.

Asentí en un susurro. No sabía cómo reaccionar frente a esa joven señorita altiva y tajante. Al principio, me intimidaba.

Una semana más tarde, Germaine me llevó una invitación al salón. De color rosa, por supuesto. Y emanaba un perfume de lo más delicado: «Señora Rose, ¿desearía pasar a tomar el té? *A. W.*». Y así nació nuestra maravillosa amistad. Con té y rosas.

No me quejo de cómo duermo aquí, aunque todas las noches me despierta la misma pesadilla. Y esa pesadilla me transporta a un momento terrible que no puedo decidirme a expresar, un momento del que usted no sabe nada.

Esa pesadilla me atormenta desde hace treinta años; sin embargo, siempre he conseguido ocultársela. Estoy tumbada, sin moverme, y espero a que se apacigüen los latidos de mi corazón. En ocasiones, me siento tan débil que extiendo la mano para coger un vaso de agua. Tengo la boca seca, como agrietada.

Año tras año vuelven las mismas imágenes despiadadas. Me resulta difícil describirlas sin que se insinúe el miedo dentro de mí. Veo las manos que abren las contraventanas, la silueta que se cuela dentro. Oigo el crujido de los peldaños. Está en la casa. ¡Ay, Señor, está en la casa! Entonces, me sube a la garganta un alarido monstruoso.

Volvamos al día que recibí la carta. Alexandrine quería saber mis intenciones. ¿Adónde pensaba ir? ¿A casa de mi hija? Sin duda alguna, esa hubiera sido la decisión más sensata. ¿Cuándo pensaba marcharme? ¿Podía ayudarme en algo? En cuanto a ella, seguro que encontraba otro local en el nuevo bulevar, eso no le preocupaba. Quizá le llevara algún tiempo, pero tenía suficiente energía para empezar de nuevo, aunque no estuviera casada. Por otra parte, habría estado bien que la gente dejara de importunarle sobre ese asunto, no le molestaba en absoluto ser una solterona, tenía sus flores y me tenía a mí.

Yo la escuchaba, como siempre había hecho. Me había acostumbrado a su voz aguda, incluso me resultaba agradable. Cuando, al fin, guardó silencio, le dije con suavidad que no tenía intención de marcharme. Alexandrine contuvo una exclamación. «No —continué, insensible a su confusión que iba en aumento—, me quedaré aquí». Entonces, Armand, le expliqué lo que esta casa significaba para usted. Le conté que usted había nacido aquí, como su padre y el padre de su padre. Que esta casa tenía cerca de ciento cincuenta años y había visto pasar generaciones de Bazelet. Solo la familia Bazelet había vivido entre estas paredes, que se erigieron en 1715, cuando se hizo la calle Childebert.

Durante estos últimos años, Alexandrine me ha preguntado por usted a menudo, ya le había enseñado las dos fotografías suyas de las que no me separo jamás. Una, en la que usted yace en su lecho de muerte, y otra, la última de nosotros juntos, la que nos hicimos pocos años antes de su muerte. Su mano descansa en mi hombro, tiene un aspecto tremendamente solemne; yo llevo puesto un vestido abotonado y estoy sentada delante de usted.

Alexandrine sabe que era alto y de buena planta, con el pelo castaño, ojos oscuros, y que tenía unas manos magníficas. Le he dicho lo encantador que era, delicado aunque muy fuerte, y que su amable risa me colmaba de alegría. Le he contado que me escribía poemitas y los dejaba debajo de la almohada o entre los lazos y los broches, y cuánto me complacían. Le he hablado de su fidelidad y honestidad y de que jamás le oí decir una mentira. Recordé su enfermedad, cómo apareció en nuestra vida para anclarse en ella, igual que un insecto que roe una flor, poco a poco.

Esa noche, por primera vez le expliqué que la casa había sido para usted una fuente de esperanza durante esos años terribles. Usted no podía imaginar, ni por un instante, abandonarla, porque la casa lo protegía. Y a día de hoy, diez años después de su muerte, la casa ejerce ese mismo influjo sobre mí. «¿Comprende ahora —le dije— que estas paredes tienen mucha más importancia para mí que cualquier suma de dinero que me pague la prefectura?».

Como siempre que mencionaba el nombre del prefecto, di rienda suelta a mi desprecio más mordaz. El prefecto había arrasado la isla de la Cité, había destruido seis iglesias y reventado el Barrio Latino, todo eso a cambio de unas líneas rectas, unos bulevares interminables y monótonos; a cambio de un montón de edificios grandes, de color amarillo mantequilla, idénticos unos a otros; una horrorosa combinación de vulgaridad y lujo superficial. Un lujo y una vacuidad con los que se complacía el emperador y que yo aborrezco.

Alexandrine entró al trapo, igual que siempre. ¿Cómo era posible que yo no entendiera que las grandes obras que se llevaban a cabo en nuestra ciudad eran necesarias? El prefecto y el emperador habían imaginado una ciudad limpia y moderna, con un alcantarillado adecuado, iluminación pública y agua sin gérmenes. ¿Cómo podía yo no darme cuenta y negar el progreso y la salubridad? Se trataba de vencer los problemas sanitarios, de erradicar el cólera. Cuando mencionó esa palabra, ¡ay, amor mío!, pestañeé; no obstante, guardé silencio, pero se me desbocó el corazón. Alexandrine no paraba: los nuevos hospitales, las nuevas estaciones de ferrocarril, la construcción de un nuevo palacio de la ópera, el ayuntamiento, los parques y la anexión de los barrios, ¿cómo podía ser yo tan ciega? ¿Cuántas veces utilizó la palabra «nuevo»?

Después de un rato, dejé de escucharla y acabó marchándose tan enojada como yo.

—Es demasiado joven para entender lo que me une a esta casa —dije, en el umbral de la puerta.

Alexandrine se mordió la lengua para no decir ni una palabra más. Sin embargo, yo sabía lo que quería responder. Podía oír flotando en el aire su frase muda: «Y usted, demasiado vieja».

Por supuesto, tenía razón. Soy demasiado vieja. Pero no lo suficiente para abandonar el combate. No lo bastante para no responder.

Fuera, los ruidos violentos han desaparecido, aunque pronto regresarán los hombres. Me tiemblan las manos mientras manejo el carbón y el agua. Armand, me siento frágil esta mañana. Sé que me queda poco tiempo. Tengo miedo. No miedo al final, amor mío, sino a todo lo que debo escribirle en esta carta. He esperado demasiado. Me he comportado como una cobarde. Por eso, me desprecio.

Mientras le escribo estas letras en nuestra casa vacía y helada, el aire me sale de la nariz como humo. En el papel, la pluma rasca delicadamente, la tinta negra brilla. Veo mi mano, la piel apergaminada, arrugada, la alianza que usted me puso en el dedo anular y nunca me he quitado, el movimiento del puño, los bucles de cada letra. El tiempo parece transcurrir sin fin; sin embargo, sé que cada minuto, cada segundo cuenta.

Armand, ¿por dónde empiezo? ¿Y cómo? ¿Qué recuerda usted? Al final, ya no reconocía mi rostro. El doctor Nonant dijo que no nos preocupáramos, que eso no significaba nada, pero fue una agonía larga, mi amor, tanto para usted como para mí. La expresión de ligera sorpresa cada vez que escuchaba mi voz: «¿Quién es esa mujer?», murmuraba continuamente y me señalaba; yo estaba sentada con la espalda recta cerca de la cama. Germaine, que tenía su cena en una bandeja, apartaba la mirada, con la cara enrojecida.

Cuando pienso en usted, no quiero recordar esa lenta decadencia. Quiero conservar los recuerdos de los días felices. Los días en que esta casa estaba llena de vida, de amor y de luz. Cuando todavía éramos jóvenes, de cuerpo y de mente. Cuando nuestra ciudad aún no había sido maltratada.

Tengo más frío que nunca. ¿Qué ocurrirá si cojo un catarro? ¿Si caigo enferma? Me muevo con prudencia por la habitación. Nadie debe verme. Sabe Dios quién andará merodeando por ahí fuera. Mientras doy sorbitos a la bebida caliente, pienso otra vez en la fatídica reunión del emperador y el prefecto, en 1849. Sí, mi amor, 1849, el mismo año terrible. Un año espantoso para nosotros. De momento, no me detendré en eso, pero volveré a ello cuando haya reunido el valor suficiente.

Hace algún tiempo, leí en el periódico que el emperador y el prefecto se habían reunido en uno de los palacios presidenciales. No puedo evitar la impresión que me produce el contraste entre esos dos hombres. El prefecto, con su alta e imponente estatura, las espaldas anchas, la barbilla oculta por la barba y los ojos azules e incisivos. El emperador, pálido, enfermizo, de silueta delgada, pelo negro y un bigote que le recorre el labio superior. Leí que un plano de París ocupaba una pared entera, unas líneas azules, verdes y amarillas seccionaban las calles como arterias. «El progreso necesario», nos informaron.

Hace ahora casi veinte años, las mejoras de la ciudad ya se habían imaginado, pensado y planificado. «El emperador y su sueño de una ciudad nueva —me explicó usted, interrumpiendo la lectura del diario—, según el modelo de Londres y sus grandes avenidas». Usted y yo nunca fuimos a Londres, no sabíamos qué quería decir el emperador. Nos gustaba nuestra ciudad tal y como era. Los dos éramos parisienses, de nacimiento y educación. Usted vio la luz por primera vez en la calle Childebert y yo, ocho años más tarde, en la vecina calle Sainte-Marguerite. En escasas ocasiones salíamos de la ciudad, de nuestro barrio. Los jardines de Luxemburgo eran nuestro reino.

Hace siete años, Alexandrine y yo, con la mayoría de los vecinos, recorrimos a pie el camino hasta la plaza de la Madeleine, en la otra orilla del río, para asistir a la inauguración del bulevar Malesherbes.

No se puede imaginar la pompa y el ceremonial que rodearon al evento. Creo que usted se habría enfadado mucho. Era un día de verano asfixiante, lleno de polvo, y la muchedumbre era inmensa. La gente sudaba con sus mejores galas. Durante horas nos empujaron y apretujaron contra la guardia imperial que protegía la zona. Yo ardía en deseos de regresar a casa, pero Alexandrine me cuchicheó que, como parisienses, debíamos ser testigos de ese gran momento.

Cuando, al fin, llegó el emperador en su coche, descubrí a un hombre enfermizo, con la tez amarillenta. ¿Recuerda las calles cubiertas de flores después de su golpe de Estado? El prefecto lo esperaba pacientemente bajo una enorme carpa, al abrigo de un sol implacable. Igual que al emperador, le gustaba pavonearse, le complacía ver su retrato publicado en la prensa. Y después de ocho años de continuas demoliciones, sabíamos exactamente cómo era el prefecto. O el barón, como prefiera llamarlo. A pesar del calor espantoso, nos ganamos unos interminables discursos de autocongratulación. Los dos hombres no dejaban de halagarse mutuamente y llamaron a otros a la carpa, donde se hicieron ilusiones de ser de los más importantes. El gigantesco telón que ocultaba la entrada del bulevar se abrió majestuosamente. La muchedumbre aplaudió y lanzó vivas. Yo no.

Había comprendido que ese gran barbudo de mentón temible se iba a convertir en mi peor enemigo.

Estaba tan absorta escribiéndole que no he oído llamar a la puerta a Gilbert. Utiliza una contraseña: dos golpes rápidos y luego rasca la puerta con la punta del garfio. No creo que usted se hubiera fijado nunca en este curioso personaje, aunque recuerdo que le gustaba charlar con una pareja de traperos en el mercado, en la época en que nuestra hija era pequeña. Me levanto para abrirle, siempre con mucha prudencia, por miedo a que nos vean. Ahora son más de las doce del mediodía y los hombres pronto estarán de regreso con el ruido atronador de su tarea asesina. La puerta chirría, como lo hace siempre.

A primera vista, Gilbert puede asustar: demacrado, negro de suciedad y hollín, le surcan el rostro dos líneas irregulares como la corteza de un árbol viejo. Tiene el pelo enmarañado y los pocos dientes, amarillentos. Entra, y su peste, una mezcla extraña y tranquilizadora de aguardiente, tabaco y sudor, lo acompaña, pero ya me he acostumbrado. El abrigo largo hecho jirones barre el suelo. Se mantiene muy tieso, aunque carga una pesada cesta de mimbre a la espalda. Sé que ahí guarda sus tesoros, fruslerías y tonterías que recoge meticulosamente de las calles al amanecer, con la linterna en una mano y el garfio en la otra: cordel, lazos viejos, monedas, metal, cobre, colillas de cigarros, cáscaras de frutas y verduras, alfileres, trozos de papel, flores secas y, por supuesto, agua y comida.

Aprendo a no ser exigente. Compartimos una única comida, que comemos con los dedos. Desde luego, no es muy elegante. Cuando el invierno se recrudece, resulta más complicado conseguir carbón para calentar nuestro pobre banquete. Me despierta la curiosidad saber dónde obtiene la comida y cómo consigue traérmela, porque los alrededores deben de parecer un campo de batalla. Pero si se lo pregunto, no me responde. De vez en cuando, le doy alguna moneda que saco de una bolsita de terciopelo, que guardo con sumo cuidado y contiene todo lo que poseo.

Las manos de Gilbert están sucias, pero son excepcionalmente delicadas, como las de un pianista, con unos dedos largos y finos. No tengo ni idea de su edad. Sabe Dios dónde dormirá y desde hace cuánto tiempo lleva esa existencia. Creo que vive cerca de la puerta de Montparnasse, donde paran los traperos, en medio de una desolación erizada de chabolas inestables. Todos los días, bajan al mercado de Saint-Sulpice por los jardines de Luxemburgo.

Primero me fijé en él por su estatura y su curiosa chistera, sin duda, algún caballero se había deshecho de ella, una cosa abollada y llena de agujeros, en equilibrio sobre lo alto de su cabeza como un murciélago herido. Me tendió una palma ancha para pedirme una perra, con un rictus desdentado. Le noté algo cordial y respetuoso, lo que me sorprendió, porque esos chicos pueden ser groseros y malhablados. Me atrajo su bondad. Le di unas monedas antes de seguir mi camino.

Al día siguiente, ahí estaba, en mi calle, cerca de la fuente, debió de seguirme. Sujetaba un clavel rojo, que probablemente había quitado de algún ojal.

—Para usted, señora —dijo, solemne.

Cuando se acercó a mí, me fijé en su singular forma de andar, tiraba de la pierna derecha, rígida, lo que le daba el aspecto torpe de un extraño bailarín.

—Con los humildes y devotos cumplidos de Gilbert, para servirla.

Luego se quitó el sombrero, dejó al descubierto una mata de pelo rizado y se inclinó hasta el suelo como si yo fuera la mismísima emperatriz. Eso fue hace cinco o seis años. En esta última temporada, es con la única persona que hablo.

Vivo una época de aislamiento y lucha y me sorprende soportar los rigores. Como esposa y viuda suya, una señora del *faubourg* Saint-Germain, con una doncella y una cocinera bajo mi techo, he tenido una vida regalada. No obstante, soy capaz de afrontar esta nueva existencia más ruda. Quizá la esperaba. No me asustan las incomodidades, ni el frío, ni la suciedad.

Lo único que temo es no conseguir decirle lo que debo revelarle mientras aún esté a tiempo. Cuando se estaba yendo, no podía decírselo, no podía expresar ni mi amor ni mis secretos. Su enfermedad me lo impedía. Al cabo de los años, se convirtió en un hombre anciano y enfermo. Al final, usted ya no tenía paciencia, no quería escucharme, vivía en otro mundo. A veces, mostraba una sorprendente lucidez, sobre todo por las mañanas, entonces volvía a ser el auténtico Armand, al que echaba de menos, el que ardía en deseos de recuperar. Pero esos momentos duraban muy poco. La confusión en su mente ganaba terreno, despiadadamente, y de nuevo se me escapaba. Eso ya no tiene ninguna importancia, Armand, sé que ahora me escucha.

Gilbert, que descansa al calor de la cocina de esmalte, me interrumpe para hablarme de la destrucción del barrio. El magnífico hotel Belfort, de nuestra calle, ha sucumbido. No queda nada de él. Gilbert lo vio todo: un montón de hombres armados con picos no tardaron mucho en tirarlo. Yo lo escucho horrorizada. La señora Paccard abandonó París y se fue a vivir con su hermana, a Sens. Jamás regresará. Se marchó el otoño pasado, cuando comprendimos que ya no quedaban esperanzas. Gilbert continúa: «Ahora, la calle Childebert está vacía —me explica—, todo el mundo ha desertado. Es un territorio fantasma, helador». No puedo ni imaginar la suerte de nuestra callejuela, antes tan animada. Confieso a Gilbert que la primera vez que entré en esta casa fue para comprar flores en la tienda de la señora Collévillé, hace casi cuarenta años. Tenía diecinueve. Eso parece divertirle y quiere saber más.

Recuerdo que era un día de primavera, de mayo. Una de esas mañanas radiantes, doradas, llenas de promesas. De pronto, a mi madre se le antojaron unos lirios del valle y me mandó a la floristería de la calle Childebert, porque no le gustaban los capullos blancos que se marchitaban en las cestas del mercado.

Siempre me gustaron las callejuelas sombreadas que rodean la iglesia, su tranquilidad, alejadas del ruidoso ajetreo de la plaza Gozlin, donde yo vivía. Mi hermano y yo paseábamos a menudo por ese barrio, a pocos pasos de nuestra casa. Aquí había menos tráfico, casi ningún coche. La gente hacía cola en la fuente de Erfurth, se saludaban educadamente con un movimiento de cabeza. Los niños jugaban alegres, bajo la vigilancia de las niñeras. Los tenderos entablaban interminables conversaciones en el umbral de sus comercios. A veces, un sacerdote, con sotana negra y una Biblia bajo el brazo, se dirigía presuroso hacia la iglesia vecina. En verano, cuando las puertas de la iglesia estaban abiertas, se oían los cantos y los rezos de los feligreses en la calle.

Cuando entré en la floristería, vi que no estaba sola. Allí había un caballero. Era alto y fuerte, con un hermoso rostro y el pelo negro. Llevaba un redingote de color azul y unos pantalones. También compraba lirios del valle. Esperé mi turno. Y, de pronto, me ofreció un tallo que coronaba un capullo. Ligeramente incómodo, me miró de arriba abajo con sus ojos negros.

Me ardían las mejillas. Sí, era una criatura tímida. A los catorce o quince años, me di cuenta de que no dejaba indiferentes a los hombres, sus miradas se entretenían más de lo necesario. Al principio, aquello me molestó. Tenía ganas de cruzar los brazos por encima del pecho, de ocultar la cara debajo del sombrero. Luego comprendí que era lo que les sucedía a las jóvenes cuando se convertían en mujeres. Un joven con el que me cruzaba a menudo en el mercado, cuando iba con mi madre, sentía pasión por mí. Era un chico torpe, de cara roja; no me gustaba. A mi madre le divertía y me daba la lata con él. Mi madre era una extraordinaria cotorra y a menudo me escondía detrás de su imponente presencia.

Todo esto le hace reír a Gilbert. Pienso que le gusta mi historia. Le cuento cómo ese hombre grande y moreno no dejaba de mirarme. Aquel día, llevaba un vestido de color marfil, con el cuello bordado y mangas farol, un gorro de encaje y un chal sencillo pero bonito. «Y sí, supongo que resultaba agradable mirarme», le digo a Gilbert. Tenía una silueta delgada —que he conservado pese a la edad—, el pelo fosco de color miel y las mejillas sonrosadas.

Me pregunté por qué ese hombre no se marchaba de la tienda, por qué se eternizaba allí. Cuando salí, después de haber hecho el encargo, me sujetó la puerta y me siguió por la calle.

—Perdone, señorita —murmuró—. Sinceramente, espero volver a verla por aquí.

Tenía una voz baja, profunda, me agradó inmediatamente. Yo no sabía qué decir, me limité a mirar los lirios del valle.

—Vivo aquí mismo —continuó, al tiempo que señalaba una fila de ventanas encima de nosotros—. Esta casa pertenece a mi familia.

Lo dijo con un orgullo sin disimulo. Levanté la mirada a la fachada de piedra. Era una construcción antigua, alta, cuadrada, con el tejado de pizarra, que se alzaba en la esquina de la calle Childebert con la calle Erfurth, muy cerca de la fuente. Tenía algo de majestuoso. Conté tres plantas y en cada una cuatro ventanas, con postigos de color gris y barandillas de hierro forjado, salvo en los dos tragaluces del tejado. En la puerta pintada de verde oscuro, encima de una aldaba con forma de mano femenina que sujetaba un globito, leí el nombre Bazelet. Entonces no sabía, ¡huy, no!, no tenía ni idea de que ese nombre y esa casa serían míos algún día.

«Mi familia», había dicho. ¿Estaría casado y tendría hijos? Me sentí enrojecer. ¿Por qué me hacía unas preguntas tan íntimas sobre ese hombre? Sus iris oscuros, intensos, hacían que se me saliera el corazón del pecho. Sus ojos no se apartaban de los míos. Así que era allí, detrás de esos muros de piedra lisa, detrás de esa puerta verde, donde vivía ese hombre encantador. Luego descubrí la presencia de una mujer mirándonos, de pie, delante de la ventana abierta de la primera planta. Era mayor, vestía de color marrón, tenía los rasgos cansados, marcados, pero le flotaba una sonrisa agradable en los labios.

—Es mamá Odette —dijo el caballero, con la misma satisfacción tranquila.

Luego observé su rostro más de cerca. Debía de tener cinco o seis años más que yo, pero su actitud lo rejuvenecía. De modo que vivía ahí con su madre. Y no había mencionado ni esposa ni hijos. No vi la alianza en el dedo.

—Me llamo Armand Bazelet —murmuró, inclinándose con elegancia—. Creo que vive en el barrio, ya la había visto antes.

Una vez más, mi lengua se negó a despegarse del paladar. Asentí con la cabeza, tenía las mejillas más sonrosadas que nunca.

—Cerca de la plaza Gozlin, creo —continuó.

Al fin conseguí articular:

—Sí, vivo allí con mis padres y mi hermano.

Él mostró una amplia sonrisa.

—Se lo ruego, señorita, dígame su nombre.

Me miró fijamente, implorante. Estuve a punto de sonreír.

—Me llamo Rose.

Se le iluminó el rostro y entró en la tienda rápidamente. Unos instantes después, apareció de nuevo y me ofreció una rosa blanca.

—Una rosa magnífica para una magnífica señorita.

Hago una pausa, pero Gilbert me incita a continuar. Le digo que, cuando regresé a casa, mi madre quiso saber quién me había regalado esa flor.

—¿Quizá el pretendiente del mercado, al que tienes encandilado? —rio sarcásticamente.

Con mucha tranquilidad le dije que se trataba del señor Armand Bazelet, de la calle Childebert, y ella hizo un mohín de disgusto.

No dije nada más y me retiré a mi habitación, que daba a la ruidosa plaza Gozlin, apretando la rosa contra la mejilla y los labios, saboreando su caricia aterciopelada y su perfume delicioso.

Así entró usted en mi vida, amor mío, mi Armand.

Guardo mi tesoro aquí conmigo, un tesoro absoluto del que no me separaré jamás. Quizá se pregunte de qué se trata. ¿De mi vestido preferido? ¿Ese de color gris y lavanda que tanto le gustaba? No, no es uno de mis queridos vestidos. Reconozco con mucho gusto que me resultó muy difícil deshacerme de ellos. Hacía poco tiempo que había descubierto a la más adorable costurera, la señorita Jaquemelle, de la calle Abbaye, una señora encantadora, ¡y qué ojo! Era una delicia hacerle un encargo. Mientras miraba a Germaine doblar cuidadosamente mi guardarropa, me impresionó la fragilidad de nuestras existencias. Los bienes materiales no son sino naderías que se lleva el torbellino de la indiferencia. Cuando Germaine los embaló, ahí yacían mis vestidos, faldas, chales, chaquetones, gorros, sombreros, la ropa interior, las medias y los guantes, antes de que los enviara a casa de Violette, donde me esperarían. Todas esas prendas, que nunca más volveré a ver, las había elegido con infinita devoción (¡ay!, la exquisita duda entre dos colores, dos cortes, dos tejidos). Ahora, carecían de importancia. ¡A qué velocidad podemos cambiar! Con cuánta rapidez evolucionamos, como la veleta que gira al viento. Sí, su Rose ha renunciado a sus queridos atuendos. Casi puedo oírle lanzar una exclamación de incredulidad.

Entonces, se lo ruego, ¿qué guardo aquí, cerca de mí, en una caja de zapatos desgastada? Arde en deseos de saberlo, ¿no es cierto? Pues bien, ¡cartas! Unas diez preciosas cartas que para mí tienen más valor que los atavíos. Sus primeras misivas de amor, que he conservado devotamente todos estos años; las de mamá Odette, las de Violette, las de…, no me decido a decir su nombre, las de mi hermano, de la baronesa de Vresse, de la señora Paccard y de Alexandrine.

Mire, aquí están todas. Me gusta simplemente apoyar la mano en la caja, ese gesto tranquilizador me apacigua. De vez en cuando, saco una y la leo despacio, como si fuera la primera vez. ¡Una carta puede revelar tanta intimidad! Una escritura familiar tiene la misma fuerza que la voz. El perfume que emana del papel hace que mi corazón lata más aprisa. ¿Se da cuenta, Armand?, no estoy realmente sola, porque aquí lo tengo, a mi lado.

Gilbert se ha marchado y supongo que no volverá hasta mañana temprano. A veces, aparece al anochecer, para asegurarse de que todo marcha bien. Se han reanudado los ruidos inquietantes y escribo estas líneas en el cobijo que me ha preparado, en la bodega de la tienda de Alexandrine, a la que accedo a través de la puerta secreta que une nuestra despensa con la tienda. Se está sorprendentemente bien, es más confortable de lo que imaginaría. Al principio, tenía miedo de ahogarme, porque no hay ventanas, pero me acostumbré rápidamente. Gilbert me construyó una cama improvisada, más bien cómoda, con el colchón de plumas que antes estaba en la habitación de Violette y un montón de mantas de lana muy calientes.

Aquí, las sacudidas y los golpes me llegan amortiguados, me asustan menos. Sin embargo, parece que se acercan día a día. Según Gilbert, han empezado por la calle Sainte-Marthe y el pasadizo Saint-Benoît, por donde paseaba con mi hermano y usted jugó de niño. En ese preciso lugar es donde los picos han iniciado su siniestro trabajo. Aunque no lo he visto, puedo imaginar con facilidad los estragos. Han destruido el barrio de su infancia. ¡Ay, mi querido amor! Ha desaparecido el pintoresco café por donde pasaba todas las mañanas. Ha desaparecido el pasadizo sinuoso que conducía a la calle Saint-Benoît, el callejón oscuro y húmedo con los adoquines desiguales donde un gracioso gato atigrado jugueteaba. Han desaparecido los geranios de color rosa de las ventanas, los niños alegres que corrían por la calle. Todo ha desaparecido.

En los recovecos de nuestro hogar, me siento resguardada. La llama vacilante de la vela proyecta grandes sombras en las paredes polvorientas que me rodean. A veces, se cuela un ratón. Aquí escondida, pierdo la noción del tiempo. La casa me acoge en su abrazo protector. Habitualmente, espero a que se atenúen los golpes. Luego, cuando todo se queda en silencio, salgo discretamente para estirar las piernas entumecidas.

Amor mío, ¿cómo podría abandonar esta casa? Esta casa alta y cuadrada. Cada habitación tiene una historia que contar. Transcribir la historia de este lugar en una hoja de papel se ha convertido en una tarea tremenda, irreprimible. Quiero escribir para que no nos olviden. Sí, a nosotros, a los Bazelet de la calle Childebert. Nosotros vivimos aquí y, pese a las trampas que la suerte nos ha deparado, hemos sido felices en esta casa. Y nadie, escúcheme bien, nadie podrá quitárnosla.

Recuerde los berridos de los aguadores, que nos llegaban justo al amanecer, cuando aún estábamos en la cama y emergíamos lentamente del sueño. Esos buenos mozos, robustos, recorrían nuestra calle y luego iban a la calle Ciseaux, con un burro cansado, cargado con los toneles, tras ellos. Recuerde los silbidos regulares de las escobas de los barrenderos y el repiqueteo matinal de la iglesia, tan cerca que cualquiera hubiera dicho que la campana sonaba en nuestra propia habitación, y cómo Saint-Sulpice respondía a coro, armoniosamente, no muy lejos de allí. Nacía el día en nuestra calle: el paseo matutino al mercado con Germaine, cuando los adoquines aún estaban húmedos y los sumideros se habían vaciado durante la noche; la carrerita por la calle Sainte-Marguerite. Las tiendas abrían una a una con el tintineo metálico de sus postigos a lo largo de la calle Montfaucon hasta la gran plaza del mercado, llena de apetitosos efluvios y colores, un regalo para los sentidos. Cuando Violette era pequeña, la llevaba conmigo, igual que antaño mi madre me había llevado a mí. También llevaba al niño dos veces por semana. (Aún me falta valor para escribir su nombre. Perdóneme. ¡Ay, Señor, qué cobarde soy!). Usted y yo nacimos y nos educaron entre la flecha negra de Saint-Germain y las torres de Saint-Sulpice. Conocemos los alrededores como la palma de la mano. Sabemos que el perfume agrio del río puede rezagarse en la calle Saints-Pères con los fuertes calores estivales. Sabemos que los jardines de Luxemburgo se atavían con un manto brillante de escarcha durante el invierno. Sabemos que el tráfico es más intenso en la calle Saint-Dominique y en la calle Taranne, cuando las elegantes damas salen subidas en las calesas, decoradas con sus blasones, y los conductores de los coches de punto andan a codazos entre los carromatos del mercado, cargados hasta los topes, y los ómnibus abarrotados e impacientes. Únicamente los jinetes consiguen abrirse paso entre el tráfico. Recuerde el ritmo de nuestra vida siendo aún jóvenes, no se alteró mientras yo me convertía en esposa, madre y, por último, en su viuda. Pese a las convulsiones que tantas veces afectaron a la ciudad, cuando estallaban crisis políticas y levantamientos, jamás nos desviamos de nuestras preocupaciones cotidianas: la cocina, la limpieza y el mantenimiento de la casa. Recuerde, cuando mamá Odette estaba con nosotros, cuánta atención prestaba al sabor de la bullabesa o a la calidad de los caracoles, incluso mientras los amotinados furiosos desfilaban por las calles. Y su preocupación por la ropa blanca: debía estar perfectamente almidonada. Y cuando, al anochecer, el farolero encendía las farolas silbando. Las tardes de invierno, nos instalábamos cerca de la chimenea. Germaine me llevaba una manzanilla y, alguna vez, usted bebía una gota de licor. ¡Qué tardes tan tranquilas y serenas! Apenas temblaba el resplandor de la lámpara, que difundía una luz rosa apaciguante. Usted se concentraba mucho en la partida de dominó y luego en la lectura. Yo, en la costura. Solo oíamos el chisporroteo de las llamas y su lenta respiración. Armand, echo en falta esos apacibles crepúsculos. Cuando crecían las tinieblas y el fuego moría lentamente, nos retirábamos. Germaine, como de costumbre, había colocado una bolsa de agua caliente en nuestra cama. Y cada noche daba paso a la mañana con indiferencia.

Veo nuestro salón con todo detalle, ahora solo es una vaina vacía, desnuda, despojada, como la celda de un monje. El día que vine a conocer a su madre, fue la primera vez que puse los pies en esa habitación. Una habitación espaciosa, con el techo alto, un papel pintado de color verde esmeralda y motivos de hojas, una chimenea de piedra blanca y unas gruesas cortinas adamascadas de color bronce. Los cuatro ventanales que se abren a la calle Childebert tenían los cristales dorados, púrpura y violeta. Desde allí, podíamos ver la fuente de Erfurth, adonde acudían todos nuestros vecinos para coger agua a diario. La carpintería era refinada, había un candelabro delicado y los picaportes de las puertas eran de cristal. En las paredes colgaban grabados con escenas de caza y paisajes campesinos y el suelo lo tapizaban alfombras lujosas. En la imponente repisa de la chimenea, había un busto romano de mármol, un reloj de pan de oro con la esfera esmaltada y dos candelabros de plata resplandeciente bajo unas campanas de cristal.

Aquel primer día con su madre, imaginé cómo había crecido usted en ese lugar. Su padre murió cuando usted tenía quince años, el mío cuando yo tenía dos, en un accidente de caballo. Yo no recuerdo al mío y usted hablaba rara vez del suyo. Mientras tomábamos un té, mamá Odette me confesó que su marido podía mostrarse impetuoso y que tenía un temperamento fuerte. Y que usted demostraba una naturaleza más templada, más amable.

Sé que su madre me aceptó desde el mismo día en que usted me la presentó. Ella estaba sentada en su sillón favorito, el grande de color verde con franjas, y tenía la labor en el regazo. En apenas unos cuantos meses, incluso antes de nuestra boda en Saint-Germain, se convirtió en una segunda madre para mí. Mi propia madre, Berthe, se había casado en segundas nupcias, cuando yo tenía siete años, con Édouard Vaudin, un canalla gritón. Mi hermano Émile y yo lo detestábamos. Qué infancia tan solitaria vivimos en la plaza Gozlin. Berthe y Édouard solo se preocupaban de ellos mismos. Nosotros les éramos indiferentes. Mamá Odette me hizo el más bonito de los regalos: me procuró la sensación de ser amada. Me trataba como a su propia hija. Pasábamos horas sentadas en el salón; yo la escuchaba hablar, cautivada, de usted, de su juventud y de cuánto lo respetaba. Me describía cómo fue de bebé, al alumno brillante y al hijo leal que soportó a Jules Bazelet y sus ataques de furia. De vez en cuando, usted se unía a nosotras, nos servía el té y nos ofrecía galletas, sin alejar nunca su mirada de la mía.

Me besó por primera vez en la escalera, cerca de los peldaños chirriantes. Para un hombre de su edad, usted era tímido. Pero eso me gustaba, me daba seguridad.

Al principio, cuando venía a visitarlo, era como si la calle Childebert me recibiera en cuanto subía la calle Ciseaux, hasta la calle Erfurth, y veía el lateral de la iglesia delante de mí. Siempre me sentía desamparada ante la perspectiva de regresar a la plaza Gozlin. El cariño de su madre y su amor reconfortante tejían un caparazón donde yo me sentía protegida. Mi madre no compartía nada conmigo, estaba demasiado preocupada con la vacuidad de su vida, las veladas a las que asistía, la forma de su sombrero nuevo, el aspecto de su moño a la última moda. Émile y yo habíamos aprendido a arreglárnoslas solos. Nos hicimos amigos de los tenderos y taberneros de la calle Four; nos llamaban los pequeños Cadoux y nos regalaban pasteles calientes recién salidos del horno, caramelos y golosinas. Los niños Cadoux, tan bien educados y discretos, vivían a la sombra de su alborotador padrastro.

Antes de conocerlos, a usted y a mamá Odette, antes de que la casa alta y cuadrada con la puerta verde de la esquina de la calle Childebert se convirtiera en mi hogar, en mi remanso de paz, yo desconocía el significado de la palabra «familia».

Calle Childebert, 12 de junio de 1828

Mi querido amor, Rose de mi corazón:

Esta mañana, he ido caminando hasta el río y me he sentado un rato junto a la orilla para disfrutar del sol matutino. He mirado cómo las chalanas lanzaban bocanadas de humo, he visto a las nubes abalanzarse al asalto del cielo, y me he sentido el más feliz de los hombres. Feliz porque me ama. No creo que mis padres se hayan querido nunca. Mi madre soportó a mi padre tanto como pudo, de una manera valiente y generosa; algo que nunca nadie supo, puesto que ella no se quejaba.

Pienso en la próxima semana, en ese momento sagrado cuando sea mía, y me embarga la alegría. Me cuesta llegar a creer que usted, la bella Rose Cadoux, vaya a convertirse en mi esposa ante la ley. He acudido con frecuencia a la iglesia de Saint-Germain, allí fui bautizado y allí he asistido a misas, bodas, bautizos y exequias. La conozco hasta en sus más mínimos detalles, pero ahora, en apenas unos días, saldré de esa iglesia como si fuera la primera vez, con usted, mi esposa, del brazo, ese día glorioso y bendito en el que me convertiré en su devoto esposo. La conduciré, muy pegadita a mí, a la casa de la calle Childebert, entrará por la puerta verde, subirá la escalera hasta nuestra habitación y le mostraré cuánto la amo.

Rose, la he esperado toda mi vida. No se trata únicamente de su belleza de reina, de su distinción, sino también y sobre todo de su altruismo, su bondad y su buen humor. Me fascinan su personalidad, su risa, la adoración que profesa a sus bonitos vestidos, su forma de caminar, el oro de su cabello, el perfume de su piel. Sí, estoy profundamente enamorado. Nunca he amado así. Había imaginado una esposa obediente que se ocupase de mí y de mi hogar. Usted es mucho más que una banal esposa, porque usted es todo menos banal.

Esta casa será nuestro hogar familiar, mi dulce Rose. Seré el padre de sus hijos. Nuestros hijos crecerán en este barrio. Quiero verlos realizarse, junto a usted. Quiero *que los años transcurran apaciblemente a su lado, entre estas paredes. Le escribo en el salón que, pronto, será suyo. Esta casa y todo lo que contiene serán suyos. Esta casa será el hogar del amor.*

Rose, la amo profundamente. Aún es joven, pero tan madura… Sabe escuchar, mostrarse atenta. ¡Ay, sus ojos y su serena belleza, su fuerza tranquila!

No quiero privarme nunca de esos ojos, de esa sonrisa, de ese cabello. Pronto será mía, de nombre y de cuerpo. Cuento los días, y el apasionado amor que le profeso arde en mí como una llama clara.

Eternamente suyo,

Armand

Cuando pienso en el salón, no puedo borrar algunas imágenes de mi cabeza. Imágenes felices, por supuesto: subo los peldaños, la noche de bodas, la suave caricia del encaje en la cara y el cuello, su mano cálida en el hueco de la espalda; el rumor de los invitados, pero yo solo tenía ojos para usted. En la fresca penumbra de Saint-Germain, susurré mis votos, demasiado intimidada hasta para mirarle de frente, y me incomodaba la gente detrás de nosotros: mi madre y sus amigos de entonces, su vestido chillón, su sombrero escandaloso.

Veo a aquella joven vestida de blanco, de pie delante de la chimenea, con la mano continuamente crispada sujetando el ramito de rosas pálidas, y el oro de la alianza nueva apretándole firmemente el dedo. Una mujer casada. La señora de Armand Bazelet. En esa habitación podía haber al menos cincuenta personas. Champán y hojaldritos para todos. Sin embargo, yo tenía la sensación de estar a solas con usted. De vez en cuando, cruzábamos las miradas y me sentía más segura de lo que nunca había estado, por su amor y en su casa. Igual que su madre, la casa me acogió con cariño. Me aceptó. No me canso de su particular olor, una mezcla de cera de abeja y ropa blanca limpia, de cocina sencilla y sabrosa.

Sin embargo, por desgracia, no solo tengo recuerdos felices y serenos de esta casa. Algunos son sencillamente demasiado penosos para evocarlos ahora. Sí, Armand, aún me falta valor. Vienen a mí poco a poco. Sea paciente. Empecemos por este.

Recuerde el día que, cuando regresamos a casa de un viaje a Versalles con mamá Odette, antes de que naciera Violette, nos dimos cuenta de que habían forzado la puerta de entrada. Subimos precipitadamente la escalera y descubrimos nuestros efectos personales, los libros, la ropa, los enseres, todo apiñado en un montón. Los muebles estaban vueltos del revés, la cocina era una auténtica leonera. Los pasillos y las alfombras estaban manchados con huellas de barro. La pulsera de oro de mamá Odette había desaparecido, igual que mi anillo de esmeralda y sus gemelos de platino. Y habían

65

vaciado el escondite en el que guardaba el dinero, cerca de la chimenea. Acudió la policía y creo que algunos hombres registraron el barrio, pero nunca recuperamos lo que nos habían robado. Me acuerdo de su disgusto. Mandó poner una nueva cerradura, más robusta.

Otro triste recuerdo. El salón me trae a la memoria a su madre. El día que la conocí y también el de su muerte, hace ya treinta años.

Violette tenía cinco años y era un pequeño monstruo. Solo mamá Odette conseguía dominarla. Nunca se mostraba caprichosa delante de ella. Me pregunto qué magia utilizaba su abuela. Quizá a mí me faltase autoridad. Tal vez fuese una madre demasiado bondadosa, demasiado blanda. Sin embargo, no sentía ninguna inclinación natural hacia Violette. Toleraba el carácter de mi hija, que había heredado de su abuelo paterno. El niño fue quien, más tarde, me ganó el corazón.

Aquel funesto día, usted había ido a reunirse con el notario de la familia, cerca de la calle Rivoli, y no regresaría hasta bien entrada la noche, a la hora de la cena. Como de costumbre, Violette estaba enfurruñada y una fea mueca le crispaba el rostro. Nada parecía alegrarla, ni la muñeca nueva, ni una apetitosa onza de chocolate. En el sillón verde de franjas, mamá Odette hacía todo lo que podía para sacarle una sonrisa. ¡Qué paciente y firme era! Mientras me centraba en la labor, pensaba que me interesaría imitar sus habilidades maternas, con su modo de proceder tranquilo, inquebrantable y tierno a la vez. ¿Cómo lo haría? La experiencia, suponía. Los años que había pasado ocupándose de un esposo receloso.

Aún oigo el tintineo del dedal de plata contra la aguja, el canturreo de mamá Odette, mientras acariciaba el pelo a mi hija, y el chisporroteo de las llamas en la chimenea. Fuera, pasaba un coche de vez en cuando o resonaban algunos pasos. Era una fría mañana de invierno, las calles estarían resbaladizas cuando saliéramos a dar el paseo a Violette, después de la siesta. Tendría que sujetarla fuerte de la mano, y la niña lo detestaba. Yo había cumplido veintisiete años y llevaba una vida confortable, plácida. Usted era un marido atento, aunque a veces algo ausente y, curiosamente, parecía envejecer más rápido que yo. A los treinta y cinco años, aparentaba más edad de la que tenía. Era distraído, pero no me preocupaba, incluso me parecía que eso tenía su encanto. Con frecuencia olvidaba dónde tenía las llaves o qué día era, pero su madre siempre le señalaba que ya había dicho esa frase o planteado esa pregunta.

Zurcía un calcetín desgastado, absorta en la labor. Mamá Odette había dejado de cantar. De pronto, el silencio me hizo levantar los ojos y vi la cara de mi hija. Miraba fijamente a su abuela; parecía fascinada, con la cabeza inclinada como para verla mejor. Mamá Odette me daba la espalda, se inclinaba hacia la niña, los hombros redondeados dentro de su vestido de terciopelo gris, las caderas anchas. La curiosidad oscurecía los ojos de Violette. ¿Qué le estaría diciendo su abuela?, ¿cuál sería su expresión?, ¿le estaría haciendo algún gesto cómico? Con una ligera risa, dejé el calcetín.

Repentinamente, mamá Odette dejó escapar un estertor, un horrible sonido silbante, como si un trozo de comida se le hubiera quedado atascado en la garganta. Aterrorizada, me di cuenta de que su cuerpo se deslizaba lentamente hacia Violette, que no se había movido, estaba petrificada como una minúscula estatua. Me lancé hacia delante lo más rápido que pude para sujetar del brazo a mamá Odette y, cuando volvió la cara hacia mí, estuve a punto de desmayarme del horror. Estaba irreconocible, lívida, sus ojos eran dos órbitas blancas y temblorosas. Tenía la boca muy abierta, un hilo de saliva se le escapaba del labio inferior y se ahogaba de nuevo, solo una vez sus manos rechonchas revoloteaban hacia la garganta, impotentes. Luego se desplomó a mis pies. Yo me quedé allí, conmocionada, incapaz de moverme. Me llevé los dedos al pecho, me latía el corazón desbocado.

Estaba muerta, no había más que mirarla para saberlo: el cuerpo inmóvil, la cara blanca como la tiza, la mirada horrible. Violette corrió a refugiarse en mis faldas, me arañaba los muslos a través del grueso tejido. Quise deshacerme de la opresión de sus dedos, pedir ayuda, pero no podía moverme. Sencillamente, me quedé allí, paralizada. Necesité un buen rato para recobrar el ánimo. Corrí a la cocina y le di un gran susto a la doncella. Violette se había echado a llorar de miedo. Unos tremendos berridos agudos que me perforaban los tímpanos. Recé para que se callara.

Mamá Odette muerta y usted no estaba en casa. La doncella lanzó un grito cuando vio el cuerpo en la alfombra. Acabé por recabar la suficiente fuerza para ordenarle que se repusiera y fuese en busca de ayuda. Salió corriendo deshecha en lágrimas. Me sentía incapaz de mirar otra vez el cuerpo y me quedé con nuestra hija, que seguía berreando. Mamá Odette parecía estar perfectamente bien en el desayuno. Había comido un panecillo con apetito. ¿Qué había ocurrido? ¿Cómo era posible aquello? No podía estar muerta. Vendría el médico y la reanimaría. Me corrían las lágrimas por las mejillas.

Al fin, el anciano doctor subió torpemente la escalera con su maletín negro. Le silbaba la respiración cuando se arrodilló para poner dos dedos en el cuello de mamá Odette. Luego silbó aún más fuerte cuando puso el oído en su pecho. Yo esperé rezando. Pero sacudió la cabeza canosa y cerró los ojos de mamá Odette. Se había acabado, se había ido.

Yo solo era una niña cuando murió mi padre, y no conservaba ningún recuerdo de él. Mamá Odette era la primera persona a la que yo amaba que se iba. ¿Cómo afrontaría la vida sin su rostro bondadoso, sin el sonido de su voz, sin sus bromas, sin su risa encantadora? En casa, sus cosas, por todas partes, me la recordaban: los abanicos, los sombreros, su colección de animalitos de marfil, los guantes con sus iniciales bordadas, la Biblia que siempre llevaba en su bolsito, los saquitos de lavanda que colocaba aquí y allá, su perfume embriagador.

Poco a poco, el salón se llenó de gente. El sacerdote que nos había casado llegó e intentó consolarme, en vano. Los vecinos se agruparon delante de la casa. La señora Collévillé estaba hecha un mar de lágrimas. Todo el mundo quería a mamá Odette.

—Ha sido el corazón, no cabe duda —declaró el anciano doctor, mientras llevaban su cuerpo al dormitorio—. ¿Dónde está su marido?

No dejaban de preguntarme dónde estaba usted. Alguien propuso que se le enviara un mensaje inmediatamente. Me parece que fue la señora Paccard. Rebusqué en su escritorio y encontré la dirección del notario. Luego, mientras acariciaba la cabeza de mi hija, no podía dejar de pensar en ese mensaje de mal augurio que iba a su encuentro, que se acercaba inexorablemente a usted. Usted no sabía nada, estaba con el señor Regnier desmenuzando contratos e inversiones y no sabía lo que había sucedido. Estremecida, imaginé su mirada cuando le entregaran el trozo de papel, cómo palidecería cuando fuera consciente de la noticia, cómo se levantaría titubeante antes de ponerse el abrigo sobre los hombros y la chistera ladeada y, con las prisas, olvidaría el bastón. Luego el camino de regreso, cruzando un puente en un coche de punto que le parecería que avanzaba a la velocidad de un caracol, el tráfico atascado, las calles heladas, el horrible martilleo de su corazón.

Nunca olvidaré su cara cuando entró en casa. Su madre lo era todo para usted y para mí. Era el pilar de nuestra vida, nuestra fuente de sabiduría. Nosotros éramos sus hijos. Se ocupaba con tanta ternura de nosotros... A partir de ahora, ¿quién nos cuidaría?

Ese espantoso día se hizo eterno, sobrecargado por las consecuencias del fallecimiento y sus exigencias. Llegaron condolencias, flores, tarjetas, susurros y murmullos, la ropa de luto y su desesperante negrura. Pusimos un crespón negro en la puerta, la gente que pasaba se santiguaba.

La casa me protegía, me sujetaba firmemente entre sus paredes de piedra, como un robusto navío en plena tormenta, me cuidó, me apaciguó. Usted estaba ocupado con el papeleo y el entierro en el cementerio sur, donde reposaban su padre y sus abuelos. La misa se celebraría en Saint-Germain. Yo observaba su intensa actividad. Violette se comportó de un modo insólitamente silencioso, abrazaba su muñeca. La gente revoloteaba a nuestro alrededor en un ballet interminable.

De vez en cuando, una mano cariñosa me daba una palmada en el brazo o me ofrecía algo de beber.

Una vez más, volví a ver el rostro blanco de mamá Odette, cómo se asfixiaba, y oí de nuevo el silbido. ¿Habría sufrido? ¿Habría podido impedirlo? Pensaba en los paseos diarios al mercado, luego seguíamos más allá, hasta la calle Beurrière, y, a continuación, íbamos al patio del Dragon, donde le gustaba deambular por los talleres y charlar con el herrero. Recordé su pasito tranquilo, agarrándome del brazo, el bamboleo de su sombrero cerca de mi hombro. Cuando llegábamos a la calle Taranne, le gustaba hacer un descanso; iba con las mejillas sonrosadas y la respiración entrecortada. Me miraba con aquellos ojos marrones tan parecidos a los de usted y me sonreía: «¡Ay, qué guapa es, Rose!». Mi madre nunca me había dicho que era guapa.

Calle Childebert, 28 de septiembre de 1834

Mi querida Rose:

¡Qué vacía está la casa sin usted, sin Armand y sin la pequeña! Dios mío, de pronto parece tan grande, hasta las propias paredes se hacen eco de mi soledad. Aún faltan dos largas semanas para que regresen de Borgoña. ¿Cómo diantre lo aguantaré? No puedo soportar estar aquí sola, sentada en el salón. La labor, el periódico, la Biblia, todo se me cae de las manos. Ahora comprendo, en estos lúgubres instantes, lo importante que es usted para mí. Sí, es la hija que nunca tuve. Y siento que estoy más cerca de usted que su propia madre, bendita sea.

Qué suerte hemos tenido de conocernos a través de mi hijo. Rose, es la luz de nuestras vidas. Antes de que llegara, reinaba una cierta melancolía entre estas paredes. Usted nos ha traído la risa y la alegría.

Pienso que ni se imagina todo esto. Rose, es usted una persona tan generosa, tan pura… Sin embargo, esa dulzura esconde una gran fuerza. En ocasiones, me pregunto cómo será a mi edad. En efecto, no puedo imaginarla como una señora anciana, a usted, que es la encarnación de la juventud. El alegre balanceo de su caminar, la riqueza dorada de su cabello, su sonrisa y sus ojos. ¡Ay, sí, mi Rose, esos ojos jamás palidecerán! Cuando sea vieja y gris como yo, sus ojos seguirán chispeando, muy azules.

¿Por qué llegó tan tarde a mi vida? Sé que no me quedan muchos años por vivir, el médico me ha puesto en guardia respecto al corazón y no puede hacerse gran cosa. Me doy mis paseítos, sin usted son mucho menos agradables. (La señora Colléville me acompaña, pero camina muy despacio y a su alrededor flota un olor agrio y desagradable…).

Ayer, presenciamos una pelea en la calle Échaudé. Fue maravillosamente dramática. Un hombre que, no cabe duda, había abusado de la absenta, importunaba a una joven muy bien vestida. Otro le dijo que cesara en su actitud y lo empujó, pero el borracho se abalanzó sobre él. Se escuchó un crujido siniestro, un grito, había sangre y el pobre hombre que intentaba salvar a la dama *acabó con la nariz rota. Entonces, un tercer hombre se lanzó contra el grupo e, inmediatamente, en el tiempo que se tarda en recuperar el aliento, la calle estaba llena de hombres peleándose y sudando. La dama se quedó allí, sujetando la sombrilla, con un aspecto tan lindo como perfectamente idiota. (Ah, le habría encantado su ropa, la he memorizado a propósito para describírsela: uno de esos vestidos en forma de reloj de arena, una delicia de lunares azules, y un sombrero más bien atrevido, tocado con una pluma de avestruz que temblaba tanto como ella).*

Vuelva pronto a casa, querida Rose, y traiga a mis amados con buena salud a nuestro hogar.

Su suegra, que la adora,

Odette Bazelet

La pasada noche dormí mal. La pesadilla ha vuelto a atormentarme. El intruso subía la escalera despacio, se tomaba su tiempo, totalmente consciente de mi presencia arriba, dormida. Con qué precisión escucho el crujido de los peldaños y cómo me llena de terror. Sé que siempre es arriesgado resucitar el pasado: despierta confusión y lamentos. Sea como fuere, el pasado es todo lo que me queda.

Ahora me encuentro sola, mi amor. Violette y mi arrogante yerno creen que estoy de camino hacia su casa. Mis nietos esperan a su abuela. Germaine se preguntará dónde está la señora. Los muebles llegaron la semana pasada, las maletas y los baúles se expidieron hace unos días. Probablemente, en la gran casa que domina el Loira, Germaine haya desembalado mi ropa y mi habitación estará dispuesta: flores junto a la cama, sábanas limpias. Cuando empiecen a preocuparse, seguro que me escriben. Eso no me preocupa.

Hace casi quince años, cuando el prefecto inició las destrucciones masivas, supimos que derruirían la casa de mi hermano Émile para abrir el nuevo bulevar de Sébastopol. Aquello no pareció fastidiar a mi hermano, le correspondía una buena suma de dinero de indemnización. Junto con su esposa y sus hijos, decidieron trasladarse al oeste de la ciudad, donde vivía su familia política. Émile no era usted, no se sentía unido a las casas. Usted cree que tienen alma, corazón, que viven y respiran. Las casas tienen memoria. Ahora Émile es un hombre mayor, padece gota y no le queda ni un pelo. Creo que no lo reconocería. Pienso que se parece a mi madre, aunque, por fortuna, no en la vanidad ni en lo frívolo. Únicamente en la nariz larga y en el hoyuelo de la barbilla, que yo no heredé.

Tras la muerte de nuestra madre, justo después del golpe de Estado, y después de que arrasaran la casa de Émile, ya no lo vimos mucho, ¿no es cierto? Ni siquiera fuimos a Vaucresson a conocer su nuevo hogar. No obstante, usted tenía mucho cariño a mi hermano pequeño, Mimile, como lo llamábamos cariñosamente. Usted lo quería tanto como si fuese su propio hermano pequeño.

Una tarde como tantas otras, usted y yo decidimos acercarnos a las obras de renovación para ver cómo progresaban. Émile ya estaba instalado en su nuevo domicilio con su familia. Entonces, Armand, caminaba lentamente, la enfermedad lo debilitaba, solo le quedaban dos años de vida. Aunque aún podía pasear tranquilamente junto a mí, agarrado a mi brazo.

No estábamos preparados para lo que nos esperaba. Eso ya no era París, era la guerra. En nuestro apacible *faubourg* Saint-Germain no quedaba nada que nos resultara familiar. Subimos por la calle Saint-André-des-Arts y, como siempre, pensábamos desembocar en la calle Poupée, pero esa calle había desaparecido. En su lugar se abría un abismo gigantesco rodeado de edificios en ruinas. Miramos a nuestro alrededor boquiabiertos. Pero ¿dónde diablos se encontraba la antigua casa de Émile? ¿Su barrio? ¿El restaurante de la calle Deux-Portes donde celebró el banquete de bodas? ¿La famosa panadería de la calle Percée? ¿Y aquella bonita tienda en la que había comprado unos guantes bordados a la última moda para mamá Odette? No quedaba nada. Caminamos, paso a paso, con la respiración entrecortada.

Descubrimos que la calle Harpe había sido salvajemente truncada, igual que la calle Serpente. A nuestro alrededor, los edificios vacilantes parecían temblar peligrosamente, aún decorados con trozos de papel pintado, con huellas quemadas y ennegrecidas de antiguas chimeneas, con puertas colgando de sus goznes, con tramos de escaleras intactos que subían en espiral hacia la nada. Era un espectáculo alucinante y, aún hoy, cuando lo recuerdo, me produce náuseas.

Nos abrimos paso con sumo cuidado hasta un lugar más resguardado y miramos angustiados las profundidades de la fosa. Hordas de obreros armados con picos, palas y mazas se desplegaban como un poderoso ejército entre montañas de escombros y nubes que se movían y nos picaban los ojos. Filas de caballos tiraban de unas carretas llenas de tablas. Por todas partes, ardían unos enormes fuegos con una rabia furiosa, mientras unos hombres echaban incansablemente vigas y residuos a las llamas voraces.

El ruido era abominable. ¿Sabe?, aún puedo oír los gritos y alaridos de los obreros, el insoportable martilleo de los picos cavando la piedra, los golpes ensordecedores que hacían temblar el suelo bajo nuestros pies. Rápidamente se nos manchó la ropa de una fina capa de hollín, los zapatos se pringaron en el barro y el bajo de mi vestido se empapó. Teníamos la cara gris de polvo y los labios y la lengua secos. Tosíamos, teníamos hipo y nos corrían las lágrimas por las mejillas. Yo podía sentir cómo le temblaba el brazo junto al mío. Por otra parte, no éramos los únicos espectadores. Otras personas se habían agrupado para asistir a los derribos. Contemplaban las obras impresionadas, con el rostro lleno de hollín, los ojos enrojecidos y llorosos.

Como cualquier parisiense, sabíamos que había zonas de la ciudad que debían renovarse, pero jamás habríamos imaginado semejante infierno. «Y sin embargo —pensaba yo, paralizada por el espectáculo—, aquí han vivido y respirado personas, estos eran sus hogares». En las paredes, que se desintegraban, podían verse los restos de una chimenea, la huella difusa de un cuadro que debió de estar colgado allí. Aquel alegre papel pintado había decorado el dormitorio de alguien, que había dormido y soñado allí. Y ahora, ¿qué quedaba? Un desierto.

Vivir en París bajo el reinado de nuestro emperador y el prefecto era como vivir en una ciudad sitiada, todos los días la invadía la suciedad, los escombros, las cenizas y el barro. Siempre teníamos la ropa, los sombreros y el calzado polvorientos. Nos picaban los ojos constantemente y un fino polvo gris nos cubría el pelo. «Qué ironía del destino —pensaba, mientras le daba palmadas en el brazo—: muy cerca de este enorme campo de ruinas, otros parisienses continúan tranquilamente con sus vidas». Y aquello no era sino el principio, aún no imaginábamos lo que nos esperaba. Soportábamos las obras de mejora desde hacía tres o cuatro años. Entonces no podíamos saber que el prefecto no flaquearía, que infligiría a nuestra ciudad ese ritmo inhumano de expropiaciones y demoliciones durante quince largos años.

Decidimos marcharnos de allí repentinamente. Estaba tan pálido como un muerto y apenas respiraba. ¿Cómo conseguiríamos regresar a la calle Childebert? Nos encontrábamos en territorio desconocido. Allá hacia donde avanzásemos, presas del pánico, nos dábamos de bruces con el infierno, con borrascas de cenizas, truenos de explosiones, avalanchas de ladrillos. El barro y los desechos pegajosos borboteaban debajo de nuestros pies, mientras intentábamos desesperadamente encontrar una salida. «¡Apártense, por todos los diablos!», berreó una voz furiosa, mientras toda una fachada se derrumbaba a poca distancia de nosotros, con un ruido ensordecedor que se mezclaba con el alarido muy agudo de los cristales rotos.

Tardamos horas en llegar a casa. Aquella noche, usted permaneció mucho tiempo en silencio. Apenas probó la cena y le temblaban las manos. Fui consciente de que llevarlo a ver la destrucción había sido un tremendo error. Yo me esforzaba para reconfortarle, le repetía las mismas palabras que usted había dicho cuando nombraron al prefecto: «Nunca tocarán la iglesia, ni las casas de su alrededor, no corremos ningún riesgo, la casa no corre ningún peligro».

Usted no me escuchaba, tenía los ojos vidriosos, muy abiertos, y yo sabía que seguía viendo cómo se derrumbaban las fachadas, las brigadas de obreros encarnizándose con los edificios, las llamas voraces en el abismo. Creo que en ese instante los síntomas de su enfermedad se manifestaron. Antes yo no me había percatado, pero entonces se hicieron evidentes. Su mente había caído presa de la confusión. Estaba agitado, distraído, parecía perdido. A partir de ese momento, se negó a salir de casa, ni siquiera a dar un breve paseo por los jardines. Se quedaba parado en el salón, con la espalda derecha, frente a la puerta. Pasaba las horas allí sentado, sin prestar atención a mi presencia, ni a la de Germaine, o a la de cualquiera que le dirigiese la palabra. Murmuraba que era el hombre de la casa. Sí, eso era exactamente, el hombre de la casa. Nadie tocaría su casa. Nadie.

Después de su muerte, continuaron las destrucciones bajo la despiadada dirección del prefecto y de su equipo sediento de sangre, pero en otras zonas de la ciudad. En lo que a mí respecta, ya solo pensaba en aprender a sobrevivir sin usted.

No obstante, hace dos años, mucho antes de que llegara la carta, ocurrió un incidente. Entonces supe, sí, lo supe.

Aquello se produjo cuando salía de la tienda de la señora Godfin con la infusión de manzanilla. Me fijé en un caballero que estaba de pie, en la esquina de la calle, delante de la fuente. Se dedicaba a colocar meticulosamente una máquina fotográfica, con un respetuoso ayudante dando vueltas a su alrededor. Recuerdo que era temprano y la calle aún estaba en calma. El hombre era de baja estatura, fornido, con el pelo y el bigote canosos. Antes yo no había visto muchos de esos aparatos, solo en la tienda del fotógrafo, en la calle Taranne, donde nos hicimos nuestros retratos.

Al acercarme, aminoré el paso y lo observé manos a la obra. El asunto parecía complicado. Al principio, no entendí qué fotografiaba, no había nadie salvo yo. El chisme enfocaba hacia la calle Ciseaux. Mientras el hombre se afanaba, pregunté con discreción al joven ayudante qué hacían.

—El señor Marville es el fotógrafo personal del prefecto —afirmó el joven, casi hinchando el pecho de orgullo.

—Entiendo… —respondí—. ¿Y a quién pretende fotografiar ahora el señor Marville?

El ayudante me miró de arriba abajo como si acabara de decir una auténtica estupidez. Tenía cara de palurdo y una mala dentadura para su edad.

—Bueno, señora, no hace fotografías de personas. Fotografía las calles.

Y bombeó una vez más el pecho antes de soltar:

—Siguiendo las órdenes del prefecto y con mi ayuda, el señor Marville fotografía las calles de París que deben destruirse para las renovaciones.

Mi querida hermana:

Ya estamos instalados en nuestra nueva casa, en Vaucresson. Pienso que solo necesitaríais una o dos horas para venir a vernos, si Armand y tú así lo decidierais, cosa que espero. Sin embargo, sé muy bien que esa visita depende de las fuerzas de tu marido. La última vez que lo vi, su salud se había debilitado mucho. Te escribo estas letras para decirte qué injusta me parece vuestra situación. Estos últimos años, Armand y tú siempre me habéis parecido una pareja profundamente feliz. En mi opinión, esa suerte es rara. Sin duda, recuerdas nuestra infancia mise-

rable y el cariño superficial que nos concedía nuestra madre (bendita sea su alma). También yo he fundado una familia con Édith, pero creo que no comparto con mi esposa algo tan profundo y fuerte como lo que te une a tu marido. Sí, la vida ha sido cruel con vosotros, sigo sin poder decidirme a escribir el nombre de mi sobrino. No obstante, pese a los golpes de la suerte, Armand y tú siempre habéis sabido recuperaros, y eso lo admiro sin reservas.

Rose, creo que nuestra casa te gustaría. Se levanta en un alto y dispone de un gran jardín frondoso que los niños adoran. La casa es espaciosa y soleada, y muy alegre. Está alejada de los ruidos y la polvareda de la ciudad, lejos de las obras del prefecto. A veces, pienso que Armand sería más feliz en un lugar como este que en la oscura calle Childebert. El suave perfume de la hierba, los árboles alrededor, el canto de los pájaros… Sin embargo, sé cuánto amáis vuestro barrio. Qué curioso, ¿no te parece? Durante toda mi infancia, que pasé contigo en la plaza Gozlin, soñé que algún día me marcharía de allí. Édith y yo vivimos mucho tiempo en la calle Poupée, cuando ya estaba condenada, y yo sabía que no acabaría mis días en la ciudad. El día que recibimos la carta de la prefectura, la que nos informaba de la próxima destrucción de nuestra casa, comprendí que se nos ofrecía el cambio que siempre había esperado.

Rose, piensas que la calle Childebert no corre ningún peligro, porque se encuentra muy cerca de la iglesia de

Saint-Germain. Sé lo que significa la casa familiar para Armand. Perder esa casa sería un desastre absoluto. Sin embargo, ¿no te parece poco razonable concederle tanta importancia? ¿No crees que sería más sensato abandonar la ciudad? Yo podría ayudaros a encontrar un lugar encantador aquí, cerca de nosotros, en Vaucresson. Aún no tienes cincuenta años, estás a tiempo de pasar página y volver a empezar, y sabes que Édith y yo os ayudaríamos. Violette está bien casada, sus hijos se crían rodeados de felicidad en Tours, ya no necesita a sus padres. En París nada os retiene.

Rose, te lo suplico, reflexiona, piensa en la salud de tu esposo y en tu bienestar.

Tu hermano, que te quiere,

Émile

Qué dulce alivio estar segura de que ningún alma viva pondrá los ojos encima de lo que he garabateado en mi cuchitril. Me siento liberada y el fardo de mis confesiones me parece un poco menos insoportable. Armand, ¿está conmigo? ¿Puede oírme? Me gusta pensar que está a mi lado. Habría querido disponer de un aparato fotográfico, como el del señor Marville, y grabar en la película todas las habitaciones de la casa para inmortalizarla.

Habría empezado por nuestro dormitorio. El corazón de la casa. Cuando los mozos de la mudanza vinieron a cargar los muebles para enviarlos a casa de Violette, pasé un buen rato en el dormitorio. Estaba allí, en el lugar que ocupaba nuestra cama, frente a la ventana, y pensé: «Aquí nació usted y aquí murió. Aquí di a luz a nuestros hijos».

Nunca olvidaré el papel de color amarillo canario, las cortinas de color burdeos, el riel con la cabeza en punta de flecha; la chimenea de mármol, el espejo ovalado con su marco dorado, el gracioso escritorio con los cajones llenos de cartas, sellos y el portaplumas. Recuerdo la mesita con marquetería de palisandro donde usted dejaba las gafas y los guantes, y yo apilaba los libros que compraba en la tienda del señor Zamaretti, la gran cama de caoba con ornamentos de bronce, y sus zapatillas de fieltro gris en el lado izquierdo, donde dormía. No, jamás olvidaré cómo brillaba el sol hasta en las mañanas de invierno y deslizaba sus triunfantes dedos de oro por las paredes, haciendo que el amarillo del papel se convirtiera en fuego incandescente.

Cuando pienso en nuestro dormitorio, me viene a la memoria el dolor agudo del parto. Se dice que las mujeres lo olvidan con el tiempo, pero eso es falso, yo nunca olvidaré el día que nació Violette. Mi madre no me había preparado para las cosas de la vida antes de la boda. Por otra parte, ¿de qué me había hablado? Por más que lo intente, no puedo recordar ni una sola conversación interesante. Su propia madre me había susurrado algunas palabras antes de que guardara cama para dar a luz a nuestro primer hijo. Me había dicho que fuera valiente, lo que me dejó helada. El médico era un señor muy tranquilo, parco en palabras. La comadrona que me visitaba siempre tenía prisa, porque otra señora del barrio necesitaba sus servicios. Yo había llevado bien el embarazo, casi sin náuseas ni otras molestias. Tenía veintidós años y rebosaba salud.

El calor fue agobiante aquel mes de julio de 1830. Hacía semanas que no llovía. Empezaron los dolores y las punzadas en la espalda eran cada vez más fuertes. De pronto, pensé si lo que me aguardaba no sería completamente abominable. Al principio, no me atreví a quejarme. Estaba tumbada en la cama y mamá Odette me daba palmaditas en la mano. La comadrona llegó tarde. Había quedado atrapada en una revuelta y se presentó sin aliento, con el sombrero del revés. No teníamos ni idea de lo que ocurría fuera. En voz baja, la informó de que la población empezaba a manifestarse, que las cosas adquirían mal cariz. Creyó que yo no podía oírla; se equivocaba.

Mientras las horas se desgranaban y yo iba comprendiendo, con una ansiedad que iba en aumento, lo que mamá Odette había querido decir cuando me deseó que fuera «valiente», se hizo incuestionable que nuestro hijo había elegido venir al mundo en medio de una violenta revolución. Desde nuestra callejuela, podíamos oír el rumor creciente del levantamiento. Empezó con alaridos y gritos y el martilleo de los cascos de los caballos.

Los vecinos aterrorizados le anunciaron que la familia real había emprendido la huida.

Yo oía todo aquello de lejos. Me pusieron un paño mojado en la frente, aunque eso no apaciguó el dolor ni atenuó el calor. De vez en cuando, tenía vómitos, se me retorcían las entrañas, pero solo devolvía bilis. Deshecha en lágrimas, confesé a mamá Odette que no podría llegar hasta el final de esa prueba. Ella se esforzó por calmarme; sin embargo, me daba cuenta de que estaba preocupada, iba continuamente a la ventana, desde donde observaba la calle. Bajó a charlar con los vecinos. A nadie parecíamos preocuparle ni mi bebé ni yo. Las revueltas eran la primera inquietud. ¿Qué pasaría si todos se fueran de casa, incluida la comadrona, y me dejasen allí abandonada, impotente? ¿Todas las mujeres habían vivido ese horror o era solo yo? ¿Mi madre habría sentido lo mismo, y mamá Odette cuando le dio a luz a usted? Unas preguntas impensables que no me atrevía a formular y que ahora puedo escribir porque sé que nadie leerá estas líneas.

Recuerdo que me eché a llorar y no podía parar, el terror me perforaba el estómago. Retorciéndome en la cama, bañada en sudor, podía oír los gritos que entraban por la ventana abierta: «¡Abajo los Borbones!». El rugido sordo de los cañones nos sobresaltó y la comadrona no dejaba de santiguarse muy nerviosa. El petardeo seco de los mosquetones nos llegaba desde poca distancia y yo rezaba para que llegase el bebé y terminara la insurrección. Lo último que me preocupaba era la suerte del rey, y qué sería de nuestra ciudad. ¡Qué egoísta fui!, solo pensaba en mí, ni siquiera en el bebé, únicamente en mí y en mi monumental sufrimiento.

Aquello duró horas, la noche se convirtió en día mientras tizones ardientes seguían azotándome el cuerpo. Usted había desaparecido discretamente y debía de estar abajo, en el salón, con mamá Odette. Al principio, hice todo lo posible para contener los gritos, pero pronto las oleadas insoportables de dolor me invadieron de nuevo, cada vez más violentas. No pude sino ceder a los aullidos, aunque intentaba ahogarlos con la palma de la mano o con la almohada. Me dominó el delirio de mi tortura y empecé a chillar a pleno pulmón, me traían sin cuidado la ventana abierta y su presencia en la planta baja. Nunca había gritado tan fuerte. Tenía la garganta desgarrada. No me quedaban lágrimas. Pensaba que moriría. Incluso, a veces, en el colmo de lo insoportable, llegaba a desear la muerte.

Sin embargo, cuando la potente campana mayor de Notre-Dame tocó a rebato con vigor, en una letanía infernal, que me atravesó el cerebro agotado como un martillo pilón, el bebé nació al fin, en el momento álgido de la revuelta, mientras los insurrectos asaltaban el ayuntamiento. Mamá Odette se enteró de que la bandera tricolor del pueblo ondeaba en los tejados y que la bandera blanca y oro de los Borbones había desaparecido.

Usted había oído decir que había numerosas víctimas entre la población civil.

Una niña. Estaba demasiado cansada para sentirme decepcionada. Me la pusieron sobre el pecho y mientras la contemplaba, una criatura arrugada que hacía muecas, inexplicablemente, no sentí ningún arrebato de amor, ningún orgullo. La niña me rechazó con sus puños minúsculos al tiempo que maullaba un quejido. Y treinta y ocho años más tarde, nada ha cambiado. No entiendo qué ocurrió. No puedo explicarlo. Es un misterio para mí. ¿Por qué se quiere a un hijo y a otro no? ¿Por qué un niño rechaza a su madre? ¿De quién es la culpa? ¿Por qué sucede desde el mismo instante del nacimiento? ¿Por qué no se puede hacer nada?

Su hija se ha convertido en una mujer dura, toda huesos y angulosa, no tiene ni una onza de su dulzura o de mi amabilidad. ¿Cómo se puede llevar dentro a niños de la propia carne, de la propia sangre y que a uno le parezcan extraños? Supongo que se parece a usted, tiene sus ojos, su pelo negro y su nariz. No es guapa, pero habría podido serlo si hubiera sonreído más. Ni siquiera posee la petulancia de mi madre ni su coqueta vanidad que, de vez en cuando, resultaba divertida. ¿Qué puede ver en ella mi yerno, el elegante y correcto Laurent? Una perfecta ama de casa, imagino. Creo que cocina bien. Gobierna el hogar de su marido, médico rural, con mano de hierro. Y sus hijos…, Clémence y Léon…, apenas los conozco… Hace años que no veo sus dulces caritas.

A día de hoy es lo único que lamento. Como abuela, me habría gustado tejer lazos con mi descendencia. Es demasiado tarde. Quizá el hecho de haber sido una niña frustrada me convirtió en una madre incompetente. Tal vez la falta de amor entre Violette y yo sea por mi culpa. Quizá hubiera que censurarme. Lo veo acariciándome el brazo con esa expresión, con el aspecto de decirme: «Vamos, vamos». No obstante, fíjese, Armand, quería muchísimo más a nuestro niño. ¿Sabe?, podría decirse que fue algo que me salió de dentro. Hoy, en el invierno de mis días, puedo considerar el pasado y afirmarlo casi sin dolor, aunque no sin remordimientos.

Querido, cuánto lo echo de menos. Miro su última fotografía, la de su lecho de muerte. Le pusieron su elegante traje negro, el de las grandes ocasiones. Le peinaron el pelo, con muy pocas canas, hacia atrás y también el bigote. Tenía las manos cruzadas sobre el pecho. ¿Cuántas veces he mirado ese retrato desde que me dejó? Creo que miles.

Queridísimo, acabo de vivir el peor de los horrores. Me tiemblan las manos tanto que apenas puedo escribir. Mientras observaba cada detalle de su cara, un estruendo ha sacudido la puerta de entrada. Alguien intentaba entrar. He dado un salto, con el corazón en la garganta, y he tirado la taza de té. Me he quedado paralizada. ¿Podrán oírme? ¿Se darán cuenta de que aún queda alguien en la casa? Me he agachado cerca de la pared y me he acercado a la puerta lentamente. Se oían voces fuera y unos pies arrastrando en el umbral. El pestillo aún se movía. He puesto el oído en la puerta con la respiración entrecortada. Unas voces masculinas resonaban altas y claras en la mañana glacial.

—Esta pronto pasará a mejor vida. El derribo empezará la próxima semana, no me cabe duda. Los propietarios se han marchado, está tan vacía como una caracola vieja.

Un golpe en la puerta hizo vibrar la madera contra mi mejilla. Retrocedí apresuradamente.

—Esta puerta antigua es de lo más recia —señaló otra voz de hombre.

—No sabes con cuánta rapidez se desploman estas casas —rio con sarcasmo la primera voz—. No nos llevará mucho tiempo cargárnosla, y toda la calle con ella, por cierto.

—Seguro que esta callejuela y la otra de la esquina las derribaremos en un abrir y cerrar de ojos.

«¿Quiénes serían esos hombres?», me pregunté, cuando se alejaron al fin. Los espié desde una rendija del postigo. Eran dos buenos mozos con ropa de diario, probablemente del equipo del prefecto que se encarga de las renovaciones y mejoras. Un gran resentimiento se apoderó de mí. Esas personas no tenían corazón, no eran más que unos demonios sin alma ni sentimientos. ¿Ni siquiera les importaban las vidas hechas trizas que deja la destrucción de estas casas? No, seguro que no.

El emperador y el prefecto soñaban con una ciudad moderna. Una ciudad muy grande. Y nosotros, el pueblo de París, solo éramos peones dentro de una gigantesca partida de ajedrez. «Le presentamos nuestras excusas, señora, pero su casa se encuentra en el futuro bulevar Saint-Germain. Tendrá que mudarse». ¿Cómo lo habrían vivido mis vecinos?, me preguntaba, mientras recogía con cuidado los fragmentos de la taza rota. ¿Habrán llorado amargamente al abandonar sus domicilios, cuando se volvieran para mirarlos por última vez? Aquella familia tan encantadora que vivía un poco más arriba, los Barou, ¿dónde estarían? A la señora Barou le había partido el corazón la idea de abandonar la calle Childebert. También ella llegó aquí de recién casada y dio a luz a sus hijos en su casa. ¿Dónde estarían todos? El señor Zamaretti vino a despedirse, justo antes de la orden de evacuar la calle. Había abierto un nuevo negocio en la calle Four Saint-Germain, con otro librero. Me besó la mano al estilo italiano; luego, inclinándose y agitado, me prometió que iría a visitarme a Tours, a casa de Violette. Por supuesto, ambos sabíamos que nunca más volveríamos a vernos. Pero yo no olvidaré jamás a Octave Zamaretti. Cuando usted me dejó, Alexandrine y él me salvaron la vida. ¿Salvarme la vida? Puedo adivinar su expresión de sorpresa absoluta. Armand, luego volveré a ello. Tengo muchas cosas que contarle sobre Octave Zamaretti y Alexandrine Walcker. Sea paciente, mi dulce amigo.

El señor Jubert se volatilizó poco después del decreto de expulsión. Su imprenta tenía un aspecto desolado, descuidado. Me pregunté adónde habría ido y qué habría sido de los diez obreros que venían todos los días a ganarse el pan aquí. No aprecio demasiado a la señorita Vazembert y sus miriñaques, ha debido de encontrar un protector, las damas dotadas con esa clase de físico lo consiguen todo sin esfuerzo. Sin embargo, a la señora Godfin la echo de menos. Cuando iba a comprar las tisanas, allí estaba, con aquella robusta silueta y la sonrisa de bienvenida, en su tienda impecable, que desprendía olor a hierbas, especias y vainilla.

Es difícil imaginar el fin de mi pequeño mundo, que poblaban los personajes familiares de nuestra calle: Alexandrine y su escaparate irresistible, el señor Bougrelle con su pipa, el señor Helder saludando a la clientela, el señor Monthier y el apetitoso aroma de chocolate que emanaba de su tienda, la risa gutural del señor Horace y sus invitaciones para ir a saborear la última mercancía que había recibido. Es difícil de creer que todo eso esté abocado a la desaparición, que nuestra pintoresca calle vaya a ser barrida de la faz de la tierra, con todos sus edificios estrechos, construidos alrededor de la iglesia.

Sabía exactamente cómo iba a ser el bulevar. Ya había visto bastante del castigo que el prefecto y el emperador habían infligido a la ciudad. Nuestro tranquilo barrio quedaría pulverizado para que la nueva arteria, ancha y ruidosa, pudiera brotar y continuar hasta allí, al lado de la iglesia, enorme, con mucho tráfico, un gran tumulto, los ómnibus y la multitud.

De aquí a un centenar de años, cuando la gente viva en un mundo moderno que nadie puede imaginar, ni siquiera el más aventurado de los escritores o de los pintores, ni siquiera usted, amor mío, cuando disfrutaba planeando el futuro, las callejuelas apacibles, dibujadas como paseos de un claustro alrededor de la iglesia, estarán enterradas y olvidadas para siempre.

Nadie recordará la calle Childebert, la calle Erfurth, la calle Sainte-Marthe. Nadie se acordará del París que nosotros, usted y yo, amábamos.

He encontrado un casco de cristal, aquí, entre los escombros, que Alexandrine no tuvo tiempo de tirar. Si lo inclino en cierto ángulo, teniendo cuidado de no cortarme la punta de los dedos, puedo ver mi reflejo. Con la edad, mi cara ha perdido la forma de óvalo y se ha alargado, ahora es menos graciosa. Sabe que no soy superficial, pero me siento orgullosa de mi aspecto, siempre he dedicado mucha atención a la ropa, el calzado y los sombreros.

Incluso ahora, no quiero tener el aspecto de una trapera. Me lavo como puedo, con el agua que me trae Gilbert y el perfume que guardo conmigo, el que me regaló la baronesa de Vresse el año pasado, cuando

Alexandrine y yo fuimos a su casa, en la calle Taranne, antes de hacer las compras en el Bon Marché.

Sigo teniendo los mismos ojos, los ojos que usted amó. Azules o verdes según el tiempo. Tengo el pelo plateado, solo persisten algunos rastros del oro. Nunca he pensado en teñírmelo, como hace la emperatriz; lo encuentro muy vulgar.

Diez años es mucho tiempo, ¿no le parece, Armand? El hecho de escribirle me acerca sorprendentemente a usted. Casi creo sentirlo leyendo por encima de mi hombro, y su aliento en la nuca. Hace mucho tiempo que no voy al cementerio. Ver su tumba me resultaba muy penoso, su nombre grabado en la piedra y el de mamá Odette, pero aún es más doloroso leer el nombre de nuestro hijo, Baptiste, justo debajo del suyo.

Es la primera vez que escribo su nombre en esta carta: Baptiste Bazelet. ¡Ay, qué dolor, qué terrible dolor! No puedo dejarlo entrar, Armand. Tengo que luchar para no ceder ante el dolor. Si lo hago, zozobraría en él, me dejaría sin fuerza.

El día que murió, querido mío, tuvo un último arranque de lucidez. En nuestra habitación de la primera planta, con mi mano en la suya, me dijo: «Rose, proteja nuestra casa. No permita que ese barón, el emperador...». Luego se le velaron los ojos, la enajenación volvió y, de nuevo, me miró como si no me conociera. Pero yo ya había entendido lo suficiente. Sabía perfectamente lo que me exigía. Mientras usted yacía allí, con la vida escapándosele, mientras Violette sollozaba a mi espalda, yo fui consciente de la tarea que me había confiado. Y la cumpliré, le hice esa promesa. Diez años después, amado mío, cuando se acerca la hora, no flaqueo.

El día que nos dejó, el 14 de enero, supimos que el emperador había sufrido un tremendo atentado, cerca de la ópera antigua, en la calle Peletier. Alguien había lanzado tres bombas: cerca de doscientas personas resultaron heridas, hubo diez muertos, caballos despedazados y todos los cristales de la calle se hicieron añicos. La carroza imperial volcó y el emperador escapó de la muerte por poco, igual que la emperatriz. Oí decir que a ella le había salpicado el vestido la sangre de una víctima, pero que, aun así, había asistido a la ópera, para demostrar a su pueblo que no tenía miedo.

No hice caso del atentado, ni del corso que lo perpetró, Orsini (murió guillotinado), ni del móvil. Usted se iba y era lo único que me importaba.

Murió apaciblemente, sin sufrir, en la cama de caoba. Parecía aliviado por deshacerse de este mundo y de lo que iba unido a él, que no comprendía. Durante los últimos años, lo vi hundirse en la enfermedad que merodeaba por los recovecos de su mente, de la que los médicos hablaban con prudencia. No se podía ver ni valorar. No creo que siquiera tuviera nombre. Ningún remedio habría podido curarlo.

Hacia el final, ya no soportaba la luz del día. A partir del mediodía, pedía a Germaine que cerrara los postigos del salón. A veces me sorprendía usted dando un respingo en el sillón y, con el oído alerta, al acecho, decía: «¿Ha oído, Rose?». Yo no había oído nada, ni una voz, ni un ladrido, ni el crujido de una puerta, pero había aprendido a responder que sí, que yo también lo había oído. Y cuando agitado, con las manos crispadas, empezaba a repetir sin cesar que venía la emperatriz a tomar el té, que Germaine tenía que preparar fruta fresca, igualmente aprendí a asentir con la cabeza y a murmurar con tono apaciguante que, por supuesto, todo estaría preparado. Todas las mañanas le gustaba leer detenidamente el periódico. Lo espulgaba hasta la propaganda. Siempre que aparecía el nombre del prefecto, lanzaba una sarta de insultos, algunos de ellos particularmente groseros.

El Armand al que echo de menos no es la persona mayor y perdida en la que se convirtió a los cincuenta y ocho años, cuando vino la muerte a llevarlo. El Armand con el que ardo en deseos de encontrarme es el joven de la sonrisa dulce, vigoroso, que usaba pantalón. Estuvimos casados treinta años, mi amor. Quiero restablecer los primeros días de pasión, sus manos en mi cuerpo, el placer secreto que me daba. Nadie leerá estas líneas jamás, así que puedo tranquilamente decirle cuánto me satisfacía, qué ardiente esposo era. En esa habitación de la primera planta, nos amamos como deberían hacerlo un hombre y una mujer. Luego, cuando la enfermedad empezó a roerlo, sus caricias amantes se hicieron más escasas y, con el tiempo, desaparecieron lentamente. Yo pensaba que ya no despertaba su deseo. ¿Habría otra mujer? Se disiparon mis temores pero nació una nueva angustia cuando comprendí que ya no sentía deseo, ni por otra mujer ni por mí. Estaba enfermo y el deseo se había marchitado para siempre.

Hacia el final, vivimos el espantoso día en el que me recibió Germaine, deshecha en lágrimas, en la calle, cuando volvía del mercado con Mariette. Usted se había ido. La chica encontró el salón vacío, además habían desaparecido el bastón y el sombrero. ¿Cómo había podido ocurrir? Detestaba salir de casa. Jamás lo hacía. Buscamos por todo el barrio. Entramos en cada uno de los establecimientos, desde el hotel de la señora Paccard hasta la tienda de la señora Godfin, pero nadie lo había visto esa mañana, ni el señor Horace, que pasaba mucho rato en el umbral de la puerta, ni el personal de la imprenta cuando hizo un descanso. No había ni rastro de usted. Fui corriendo a la comisaría, que estaba cerca de Saint-Thomas-d'Aquin, y expuse la situación. Mi esposo, un señor mayor un poco turbado, había desaparecido tres horas antes. Yo odiaba describir el mal que lo aquejaba, decirles que había perdido la cabeza, que, en ocasiones, podía mostrarse temible cuando su confusión tomaba las riendas. Les confesé que a menudo olvidaba su nombre. ¿Cómo podría regresar a casa si tampoco recordaba la dirección? El comisario era un buen hombre. Me pidió que lo describiera con detalle. Envió una patrulla a buscarlo y me dijo que no me preocupara; lo que hice, pese a todo.

A la tarde estalló una tormenta terrible. La lluvia martilleaba el tejado con una fuerza espantosa y los truenos rugían hasta hacer temblar los cimientos. Pensaba en usted, enloquecida. ¿Qué estaría haciendo en ese momento?, ¿habría encontrado refugio en alguna parte?, ¿lo habría cobijado alguien? ¿O algún abyecto desconocido, aprovechándose de su confusión, habría cometido una fechoría odiosa?

Llovía a cántaros, yo estaba de pie junto a la ventana, mientras Germaine y Mariette lloraban a mi espalda. No pude más. Salí, pronto el paraguas no sirvió para nada y me empapé hasta los huesos. A duras penas llegué a los jardines inundados de agua, que se extendía delante de mí como un mar de barro amarillo. Me esforcé por adivinar adónde podría haber ido. ¿A la tumba de su madre y de su hijo? ¿A alguna iglesia? ¿A un café? Se hacía de noche y ni rastro de usted. Regresé a casa titubeante, afligida. Germaine me había preparado un baño muy caliente. Los minutos desfilaban lentamente. Ya habían pasado más de doce horas desde que se había ido. El comisario se presentó con cara seria. Había enviado a sus hombres a todos los hospitales del vecindario, para comprobar si había ingresado en alguno. Sin resultado. Antes de irse me conminó a mantener la esperanza. Nos sentamos a la mesa, frente a la puerta, en silencio. La noche avanzaba. No pudimos comer ni beber. A Mariette le jugaron una mala pasada los nervios y la envié a acostarse; apenas se tenía en pie.

En plena noche, llamaron a la puerta. Germaine corrió a abrir. Se presentó un desconocido, un joven elegante, vestido con chaqueta y pantalón de caza. Y usted estaba a su lado, macilento pero sonriente, sujeto del brazo del padre Levasque. El desconocido nos explicó que había ido de caza al bosque de Fontainebleau con unos amigos, al atardecer, y que se encontró con aquel desconocido que parecía perdido. Al principio, no pudo decir su identidad, pero, más tarde, empezó a hablar de la iglesia de Saint-Germain-des-Près, de tal forma que el joven cazador lo llevó allí en su calesa. El padre Levasque añadió que se habían presentado en la iglesia y que, claro está, había reconocido a Armand Bazelet inmediatamente. Tenía usted una expresión de sorpresa, amable. Yo estaba impresionada. El bosque se encontraba a kilómetros de distancia. Había ido una vez de niña, y el viaje duró toda la mañana. ¿Cómo diantre habría llegado hasta allí? ¿Quién lo había llevado y cómo?

Di las gracias efusivamente al joven y al padre Levasque, y a usted lo hice entrar despacito. Comprendí que era inútil preguntarle, no tendría ninguna respuesta que dar. Lo sentamos y examinamos minuciosamente. Tenía la ropa manchada, llena de barro y polvo. Había briznas de hierba y espinas en sus zapatos. Me fijé en unas manchas oscuras en el chaleco, pero me preocupaba más el corte profundo que le atravesaba la cara y los arañazos en las manos. Germaine me sugirió que avisáramos al doctor Nonant, aunque fuera muy tarde. Consentí. Se puso el abrigo y salió en busca del médico en plena noche. Cuando llegó, al fin, usted dormía como un niño, con su mano sobre la mía, respirando apaciblemente. Yo lloraba en silencio de alivio y de miedo, apretándole los dedos, y pensaba en los acontecimientos del día. Nunca sabríamos qué había ocurrido, cómo y por qué lo habían encontrado a horas de la ciudad, vagando por el bosque, con la frente ensangrentada. Usted jamás nos lo diría.

El doctor me había preparado para su muerte, pero cuando sobrevino el golpe fue tremendo. Después de cincuenta años, tenía la sensación de que se me había acabado la vida. Estaba sola. Pasaba las noches tumbada en nuestra cama, sin dormir, escuchando el silencio. Ya no podía oír su respiración, ni el roce de las sábanas cuando se movía. Sin usted, nuestra cama era como una tumba húmeda y fría. Me parecía que hasta la propia casa se preguntaba dónde estaba. Allí seguía todo: su sillón, cruelmente vacío, sus tarjetas, los papeles, los libros, su pluma y la tinta, pero usted no. Su sitio en la mesa del comedor gritaba su ausencia. Allí estaba la caracola rosa que compró en la tienda de antigüedades de la calle Ciseaux. Cuando se acercaba la oreja, se podía oír el mar. ¿Qué se puede hacer cuando un ser querido nos deja para siempre, y uno se encuentra solo con las cosas banales de su vida diaria? ¿Cómo plantarles cara? Su peine y la brocha me hacían llorar, igual que sus sombreros, el ajedrez, su reloj de bolsillo de plata.

Nuestra hija se había instalado en Tours, vivía allí desde hacía ocho años y tenía dos hijos. Mi madre había muerto hacía ya mucho tiempo y mi hermano Émile se había marchado. Solo me quedaban los vecinos; su compañía y apoyo resultaron de un valor incalculable. Todos me mimaban. El señor Horace me dejaba botellitas de licor de fresa y el señor Monthier me regalaba sabrosos chocolates. La señora Paccard me invitaba a comer todos los jueves en su hotel y el señor Helder me convidaba a cenar en Chez Paulette los lunes por la noche, temprano. La señora Barou me visitaba una vez por semana. Los sábados por la mañana, daba un paseo hasta los jardines de Luxemburgo con el padre Levasque. Pero eso no podía llenar el enorme y doloroso vacío que dejó su marcha en mi vida. Usted era un hombre discreto, pero ocupaba un inmenso espacio hecho de silencio, y me faltaban usted, su solidez y su fuerza.

Oigo que Gilbert golpea en la puerta la contraseña y me levanto para abrirle. Es una mañana especialmente glacial y tengo la piel violeta de frío. Gilbert entra cojeando, da palmas con las manos y golpea con las suelas. Con él entra una borrasca que me hace temblar de pies a cabeza. Se dirige directamente a la cocina y reaviva las brasas con energía.

Lo miro, le hablo de los hombres de la prefectura que intentaron entrar. Refunfuña y responde:

—No se preocupe, señora Rose, esta mañana no vendrán a trabajar, hace demasiado frío. Podemos tener la estufa encendida todo el día, nadie se fijará en el humo. Los alrededores están completamente desiertos. Creo que se interrumpirán las obras unos días.

Me acurruco cerca del fuego, se funde el hielo que ha empezado a ceñir todo mi organismo. Gilbert calienta algo en una cazuela grasienta. El olor apetitoso me cosquillea en la nariz y me cruje el estómago. ¿Por qué hará todo esto por mí? Cuando se lo pregunto, delicadamente, se limita a sonreír.

Después de comer, me entrega una carta haciendo una mueca. El cartero deambulaba por el barrio, perplejo, y no sabía qué hacer con el pliego, porque la calle está cerrada y desahuciada. ¿Cómo habrá conseguido hacerse con mi correo? Ni idea. Gilbert es un personaje lleno de misterio y le encanta sorprenderme.

Como temía, es una carta de nuestra hija, que escribió hace más de una semana.

Querida mamá:

Nos preocupa su ausencia. Germaine está convencida de que algo le ha ocurrido y yo rezo para que se equivoque.

Tenía que haber llegado a principios de mes. Todos sus efectos personales están aquí y los muebles más grandes en un guardamuebles.

Laurent ha oído hablar de una casita muy linda cerca del río, a dos pasos de la nuestra y a un precio asequible, donde pensamos que se encontraría cómoda. Me dice que le gustará saber que no es húmeda. Por supuesto, hay suficiente espacio para Germaine. Una anciana encantadora que conocemos vive al lado. Ahora bien, si prefiere quedarse con nosotros, evidentemente es posible.

Los niños se portan bien y esperan con impaciencia su estancia entre nosotros. Clémence toca el piano magníficamente y Léon aprende a leer.

Tenga a bien hacernos llegar los más amplios detalles sobre su llegada. No entendemos dónde puede estar.

Mi marido está convencido de que es más sano para usted abandonar el faubourg Saint-Germain y que nos permita ocuparnos de usted. A su edad, después de todo tiene casi sesenta años, es lo único que puede hacer. No debe seguir viviendo en el pasado ni dejarse embargar por la pena.

Esperamos sus noticias con impaciencia.

Su hija,

Violette

Hasta su escritura me hace rechinar los dientes por lo dura e implacable que es. ¿Qué haré? Debo de tener un aspecto perplejo porque Gilbert me pregunta qué es lo que no marcha bien. Le explico de quién es la carta y lo que quiere Violette. Él se encoge de hombros.

—Señora Rose, respóndale. Dígale que está en casa de unos amigos. Que se tomará algún tiempo antes de ir a verla. Gane tiempo.

—¿Y cómo conseguiré que le llegue la carta? —pregunto.

De nuevo hace un gesto de despreocupación con los hombros.

—La llevaré a correos.

Me dirige una sonrisa paternal, luciendo sus dientes horribles.

Así que he ido a buscar una hoja de papel, luego me he sentado y he escrito a mi hija la siguiente carta.

Queridísima Violette:

Siento muchísimo haberos causado tanta preocupa-
ción a tu marido y a ti. Estoy pasando una temporada en
casa de mi amiga la baronesa de Vresse, en la calle Taran-
ne. Creo que te he hablado de ella. Es una dama encan-
tadora de la alta sociedad, a la que conocí a través de la
florista del bajo, la señorita Walcker. Sí, es muy joven,
podría ser mi nieta, pero me ha cogido mucho cariño.
Nos gusta hacernos compañía mutuamente.

Se ha ofrecido, muy generosamente, a alojarme antes
de que vaya con vosotros. Tiene una extraordinaria casa
en la calle Taranne. De manera que no me afecta en ab-
soluto la destrucción de nuestro barrio, ni siquiera la veo.

Vamos de compras al Bon Marché y me lleva a Casa Worth, el gran modisto que le hace la ropa. Disfruto de unos días encantadores: voy al teatro, a la ópera y al baile. Son cosas, te lo aseguro, que aún puede hacer una anciana de casi sesenta años.

Te informaré sobre la fecha de mi llegada, pero, de momento, no cuentes conmigo, porque pienso quedarme el mayor tiempo posible en casa de la baronesa de Vresse.

Transmite mis saludos más afectuosos a tu marido y a tus hijos, y a mi querida Germaine. Dile que Mariette ha encontrado un buen trabajo en casa de una familia acomodada, cerca del parque Monceau.

Tu madre, que te quiere

No puedo evitar sonreír pensando en la ironía de unas cuantas palabras: bailes, teatros, Worth, ¡vamos, anda! No me cabe la menor duda de que mi hija, una esposa provinciana típica y aburrida, sentirá un poco de envidia al enterarse de que llevo una vida social tan extraordinaria como ficticia.

Carraspeo y leo la carta a Gilbert. Este lanza un gruñido.

—¿Por qué no le dice la verdad? —pregunta bruscamente.

—¿Sobre qué? —digo.

—Respecto a los motivos que la llevan a quedarse aquí.

Hago una breve pausa antes de responderle.

—Porque mi hija no lo entendería.

Mi pequeño se me aparece en sueños. Lo veo correr por la escalera y luego sus zapatos golpeteando en el pavimento, fuera. Oigo su voz y sus carcajadas. El color azul le favorecía, así que le hice todas las camisas en distintos tonos de azules, igual que las chaquetas, los abrigos, hasta el gorro. Mi príncipe azul y de oro.

Cuando era un bebé, se quedaba muy formal en mi regazo y contemplaba el mundo a su alrededor. Imagino que lo primero que vio fueron los grabados del salón y los retratos de encima de la chimenea. Observaba el mundo con el pulgar en la boca y unos ojos muy abiertos, llenos de curiosidad. Respiraba tranquilo apoyado en mí, con su cuerpecito cálido sobre el mío.

En aquellos momentos, yo sentía una felicidad inmensa. Tenía la sensación de ser una auténtica madre, una sensación que no había vivido con Violette, mi primera hija. Sí, ese niñito era mío, a mí me incumbía protegerlo y quererlo. Se dice que las madres prefieren a los hijos, ¿no será esa la gran verdad oculta? ¿No hemos nacido para traer al mundo hijos? Sé que usted quería a su hija. Ella había establecido lazos con usted que yo jamás tuve con ella.

Cuando sueño con Baptiste, lo veo echando la siesta, arriba, en la habitación de los niños. Me fascinaban sus párpados de nácar, el aleteo de sus pestañas, la dulce redondez de sus mofletes, los labios entreabiertos, la respiración lenta, apacible. Pasaba horas contemplando a ese niño, mientras Violette jugaba abajo con sus amigas, vigiladas por la niñera.

Cuando era bebé, no me gustaba que la niñera lo tocara. Sabía que no era adecuado pasar tanto tiempo con él, pero no podía evitarlo. A mí me correspondía darle de comer y mimarlo. Era el centro de mi vida y usted observaba todo eso con benevolencia. No creo que sintiera celos. Así había sido mamá Odette con usted. No le sorprendía. Yo lo llevaba a todas partes que podía. Si tenía que elegir un sombrero o un chal, él estaba conmigo. Todos los tenderos conocían a nuestro hijo y los vendedores del mercado lo llamaban por su nombre. Nunca alardeó de su popularidad, ni se aprovechó de ella.

Cuando sueño con él, lo cual ocurre desde hace veinte años, me despierto con lágrimas en los ojos. Y mi corazón no es sino dolor. Resultaba más fácil cuando usted estaba conmigo, porque por la noche podía estirar la mano y sentir su hombro apaciguante.

Hoy ya nadie está conmigo, únicamente el silencio, frío y mortal. Lloro en soledad. Eso es algo que sé hacer muy bien.

Bussy-le-Repos, 6 de julio de 1847

Mamaíta:

Los echo mucho de menos, a usted, a Violette y a papá. Pero estoy pasando unos días maravillosos con Adèle y su familia, en Bussy. Así que no se preocupe. Echo en falta la casa. Aquí se está muy bien. Hace mucho calor. Ayer nos bañamos en un estanque. No es muy profundo y me subí a los hombros del hermano mayor de Adèle, que estaba lleno de barro. La madre de Adèle hace escalopes. Como tanto que a veces me duele la tripa. Por las noches, cuando me acuesto, es cuando más la echo en falta. La madre de Adèle me da un beso, pero no es tan

guapa como usted, no tiene la piel tan suave, ni el per-
fume de mamá. Se lo ruego, escríbame otra carta porque
las cartas tardan mucho tiempo en llegar. El padre de
Adèle no es divertido como papá. Pero sí que es simpá-
tico. Fuma en pipa y me echa el humo a la cara. Tiene
un perro blanco muy grande; al principio me daba mie-
do, porque me saltaba encima, pero es que es así como
saluda. Se llama Prince. Podríamos tener nosotros tam-
bién un perro. También hay una gata que se llama Mé-
lusine, pero cuando la acaricio me bufa. Me esfuerzo por
escribir esta carta lo mejor posible. El hermano de Adèle
me corrige las faltas; es un chico estupendo, quiero ser
como él cuando sea mayor, tiene diez años más que yo.
Anoche Adèle montó un espectáculo, había una araña
en su cama, una araña horrible y gorda; mamá, por favor,
mire mi cama y vigile para que no haya arañas. La echo
de menos y la quiero; dígales a papá y a mi hermana que
los quiero.

Su hijo,

Baptiste Bazelet

He sentido una mano helada en mi pecho y he lanzado un alarido en el silencio. Por supuesto, no había nadie. ¿Quién me encontraría aquí, escondida en la bodega? Necesito un poco de tiempo para que se me calme el corazón, para respirar normalmente. Aún oigo crujir los peldaños y sigo viendo la ancha mano llena de pecas deslizarse por el pasamanos, todavía siento la espera justo antes de que atraviese la puerta. ¿Me liberaré en algún momento? ¿Me abandonará el terror algún día? En esta pesadilla, la casa ya no me protege. Ha entrado alguien, la casa ya no es segura.

Envuelta en varias capas de chales gruesos de lana, me armo con una vela y subo hasta el último piso, a la habitación de los niños. Hace mucho tiempo que no he ido allí, ni siquiera cuando la casa estaba aún habitada. Es una habitación larga, de techo bajo, con vigas, y cuando estoy en el umbral aún puedo verla llena de juguetes. Veo a nuestro hijo, sus rizos dorados y su preciosa carita. Pasaba horas con Baptiste en esa habitación, jugando con él, cantándole canciones, todo lo que no había hecho con mi hija, simplemente porque ella nunca me dejaba hacerlo.

Recorro con la mirada la habitación vacía y recuerdo los días felices con mi hijito. Usted había decidido hacer obras en casa, reparar las goteras del tejado, alguna fisura, los desperfectos en general. Se inspeccionaron todos los rincones y recovecos. Llegó una brigada de obreros fuertes, que se ocupó de pintar las paredes, restaurar la carpintería y pulir los suelos. Era un grupo alegre y servicial, y acabamos conociéndolos muy bien. Estaban Alphonse, el maestro de obras, que tenía una barba negra y una voz fuerte, y Ernest, su ayudante pelirrojo. Todas las semanas se presentaba un equipo diferente, al que se contrataba por sus habilidades específicas. Los lunes, usted analizaba los progresos que se habían realizado y discutía varias cuestiones con el maestro de obras. Eso le ocupó gran parte de su tiempo, y demostró seriedad en todo el asunto. Estaba empeñado en que la casa quedara lo más hermosa posible. Su padre y su abuelo no se habían preocupado mucho de la casa, y usted se hizo responsable de renovarla.

Incluso durante las obras, invitábamos a amigos a cenar. Recuerdo que me suponía mucho trabajo: organizar los menús, los asientos en la mesa, qué habitación preparar para recibirlos. Me tomaba esas tareas muy en serio. Escribía cada menú en un cuaderno previsto para ello, con el objetivo de no servir nunca dos veces el mismo plato a mis invitados. Qué orgullosa me sentía de nuestra casa, qué confortable y bonita estaba aquellas veladas de invierno, cuando el fuego crepitaba en la chimenea bajo la suave luz de los quinqués. Sí, fueron días felices.

Durante aquella bendita década, Violette se convirtió en una joven silenciosa y concentrada en sí misma. Aprendía deprisa, era seria, pero teníamos tan poco en común... Como madre e hija, no compartíamos nada. Creo que hablaba más con usted, pero tampoco se le parecía. Apenas mostraba interés por Baptiste. Se llevaban nueve años de diferencia. Ella era como la luna, fría y de plata, mientras que él era un sol de oro triunfante, un astro radiante.

Baptiste era un niño con un don. Había nacido rápidamente y sin dolor, lo que me dejó estupefacta, pues me había preparado para el suplicio que padecí con Violette. Ese niño espléndido llegó lleno de salud, sonrosado y enérgico, con los ojos muy abiertos al mundo. ¡Cuánto me habría gustado que mamá Odette hubiera podido conocer a su nieto! Sí, fueron diez años dorados, del mismo oro que el pelo de nuestro hijo. Era un niño sencillo, feliz. Nunca se quejaba o lo hacía con tanta gracia que partía el corazón a todos. Le gustaba construir casitas con los ladrillos de madera pintada que le regaló por su cumpleaños. Se pasaba horas construyendo una casita con mucho cuidado, habitación por habitación.

«Este es su dormitorio, mamá —me decía, muy orgulloso—, y el sol entra por aquí, como le gusta. El despacho de papá estará aquí, y tendrá un gran escritorio para que pueda guardar todos sus papeles y hacer su trabajo importante».

Me resulta difícil escribir estas palabras, Armand. Me atemoriza su poder, temo que le hieran como un puñetazo. La luz de la vela baila sobre las paredes desnudas. Me asusta lo que tengo que decirle. Muchas veces he intentado deshacerme de este fardo en confesión con el padre Levasque. Nunca lo he logrado.

Curiosamente, sabía que Dios se llevaría a este hijo, que tenía el tiempo contado con él. Cada instante era una delicia, una delicia que el miedo envenenaba. En febrero, la revolución se apoderó de la ciudad una vez más. En esta ocasión, como no estaba clavada en la cama, seguí cada acontecimiento. Tenía cuarenta años, aún era robusta, fuerte, pese a los años. Se desencadenaron los disturbios en los barrios más miserables de la ciudad, surgieron barricadas, cortaron las calles con rejas de hierro forjado, carretas volcadas, muebles y troncos de árboles. Me explicó que el rey no había sabido acabar con la corrupción política, que la crisis económica causaba unos estragos sin precedentes. Aquello a mí no me había afectado, porque mi vida diaria de madre y esposa no se habían alterado en nada. Los precios habían subido en el mercado, pero nuestras comidas seguían siendo copiosas. Nuestra vida no había cambiado, de momento…

El año en que tuvo lugar la primera reunión entre el prefecto y el emperador fue 1849. Fue hace casi veinte años y aún me sangra el corazón mientras escribo estas líneas. Baptiste tenía diez años. Andaba por todas partes como un duende, siempre moviéndose, alerta, vivo como un rayo. Los ecos de su risa llenaban la casa. ¿Sabe?, a veces aún la oigo.

Llegaron los primeros rumores sobre la enfermedad. Oí hablar de ella en el mercado. La última epidemia fue justo después del nacimiento de Violette. Murieron miles de personas. Había que tener mucho cuidado con el agua. A Baptiste le encantaba jugar en la fuente de la calle Erfurth. Podía verlo desde la ventana, lo vigilaba la niñera. Yo le había advertido y usted también, pero él hacía lo que le venía en gana.

Todo sucedió muy rápidamente. En los periódicos abundaban las noticias sobre los fallecimientos, cada día aumentaba el número de víctimas. Esa palabra espantosa infundió el terror en nuestros hogares. El cólera. En la calle Échaudé, una señora había fallecido. Todas las mañanas se anunciaba una nueva muerte. El miedo se apoderó del vecindario.

Luego, una mañana, en la cocina, Baptiste se desmoronó. Cayó al suelo con un aullido, gritó que tenía un calambre en una pierna. Yo corrí hacia él. Aparentemente, la pierna no tenía nada anormal. Lo tranquilicé como pude. Tenía la frente ardiendo y sudorosa. Empezó a gimotear, hacía gestos de dolor, le hacía ruido el estómago. Me dije que no podía ser. No, a mi hijo no, no a mi adorado hijo. Recuerdo que grité su nombre en la escalera.

Lo llevamos a su dormitorio, llamamos al médico, pero era demasiado tarde. Por su expresión entendí que usted lo sabía, pero no me lo dijo. En pocas horas huyeron todos los fluidos de su cuerpo, que ardía y se retorcía en la cama: se desbordaban, le rezumaban y yo no podía sino asistir a aquello aterrorizada. «Haga algo —suplicaba al doctor—. ¡Tiene que salvar a mi hijo!».

El joven doctor Nonant se pasó el día envolviendo los riñones de mi hijo con paños limpios y haciendo que bebiese agua clara, pero todo fue en vano. Parecía que las manos y los pies de Baptiste hubieran sido sumergidos en pintura negra. Su carita sonrosada estaba demacrada y cerosa, había adquirido un abominable tono azulado; se le habían ahuecado los mofletes y en su lugar solo quedaba la máscara de una criatura acartonada que yo no conocía. En los ojos hundidos no le quedaban lágrimas para llorar. Las sábanas se inflaban con sus deyecciones, charcos sucios que se escurrían de su cuerpo en un raudal incesante y nauseabundo.

«Ahora tenemos que rezar juntos», susurró el padre Levasque, al que usted había mandado llamar en los últimos instantes terribles, cuando, al fin, comprendimos que no quedaban esperanzas. Se encendieron cirios y la habitación se llenó del murmullo ferviente de las oraciones.

Cuando hoy veo la habitación, de esto es de lo que me acuerdo: la pestilencia, los cirios, las oraciones incesantes y el sollozo discreto de Germaine. Usted estaba sentado junto a mí, mudo, recto como el palo de una escoba, y, de vez en cuando, me cogía la mano y la apretaba suavemente. Yo estaba tan loca de pena que no conseguía comprender su calma. Recuerdo que pensé: «Frente a la muerte de un niño, ¿serán los hombres más fuertes que las mujeres porque no los traen al mundo? ¿Estarán las madres unidas a sus hijos por algún lazo secreto, íntimo y físico que los padres no pueden conocer?».

Aquella noche vi morir a mi querido hijo y sentí que mi vida perdía todo su sentido.

Al año siguiente, Violette se casó con Laurent Pesquet y se marchó para instalarse en Tours. Pero desde la muerte de mi hijito, nada podía afectarme.

Estaba sumergida en una especie de entumecimiento aturdido y me convertí en una espectadora de mi propia existencia. Recuerdo que le oí hablar de mí con el doctor Nonant, que había venido a verme. Con cuarenta años, era demasiado mayor para tener otro hijo. Y ningún otro hijo podría haber sustituido a Baptiste.

Pero yo sabía por qué el Señor se había llevado a mi hijo. Tiemblo ante ese pensamiento, y no es por culpa del frío.

Perdóneme.

Calle Childebert, 20 de agosto de 1850

Rose de mi corazón:

No puedo soportar más su sufrimiento y su pena. Era el más exquisito de los niños, el más adorable de los muchachos, pero, por desgracia, Dios decidió llamarlo a su lado y debemos respetar su decisión, no podemos hacer nada, mi amor. Escribo estas letras junto a la chimenea, bajo la vela temblorosa, una noche apacible. Usted está arriba, en su habitación, en busca de un poco de reposo. No sé cómo ayudarla y me siento un inútil. Es una sensación odiosa. Si al menos estuviese aquí mamá Odette para consolarla… Pero hace mucho tiempo que se fue, y nunca conoció a nuestro niño. En estos dolorosos momentos, ella la habría rodeado de amor y ternura. ¿Por qué somos los hombres tan impotentes ante estas situaciones? ¿Por qué no sabemos aportar tranquilidad y consuelo? Aquí sentado, mientras le escribo, me odio profundamente. Solo soy un marido inútil que no consigue consolarla.

Desde que el niño nos dejó, usted no es más que una sombra de lo que era: ha adelgazado, está pálida, ya no sonríe; ni siquiera sonrió una sola vez el día de la boda de nuestra hija, aquel espléndido día a orillas del río. Todo el mundo se fijó en ello y me lo comentó: su hermano, muy preocupado, e incluso su madre, que por lo general no se interesa por su estado, y también su nuevo yerno, con quien mantuve una discreta conversación sobre usted. Alguien me sugirió que hiciéramos un viaje al sur, al borde del mar, para encontrar sol y calor.

Tiene los ojos tristes y vacíos, y eso me rompe el corazón. ¿Qué puedo hacer? Hoy he estado deambulando por el barrio, buscaba algún objeto decorativo que le devolviera la sonrisa. He regresado a casa con las manos vacías. Me he sentado en la plaza Gozlin y he leído los periódicos, solo hablan de la muerte de Balzac. No me produce ninguna tristeza, aunque sea uno de mis escritores favoritos. También él tenía una esposa a la que amaba ardientemente, como yo la amo, con una pasión que me consume la vida entera.

Rose, amor mío, soy un jardinero melancólico que ya no sabe qué hacer para que su espléndida flor recupere su gloriosa plenitud. *Rose, ahora está helada, como si no se atreviera a eclosionar, como si ya no se atreviera a ofrecerse a mí, a permitir que su seductor perfume me embruje mientras sus deliciosos pétalos se abren uno a uno. ¿Será por culpa del jardinero? Nuestro querido hijo se ha ido, pero ¿nuestro amor ya no conserva su vigor? Ese amor es nuestra mayor fuerza, lo que hemos de venerar si queremos sobrevivir.*

Ese amor estaba aquí antes de nuestro hijo, él hizo que naciera. Debemos conservarlo, alimentarlo y alegrarnos de él. Comparto su pena, respeto a nuestro hijo, al que lloro como padre; sin embargo, ¿podríamos llorarlo como amantes? Desearía tanto disfrutar de nuevo de la delicada fragancia de su piel…, mis labios arden en deseos de cubrirla con miles de besos, me tiemblan las manos ante la idea de acariciar las curvas de su deseable cuerpo; solo yo lo conozco y venero. Quiero sentir que se ondula junto a mí, bajo la ternura de mis caricias, bajo la fuerza de mi abrazo; tengo hambre de su amor, quiero saborear la dulzura de su carne, su intimidad. Quiero recuperar el apasionado éxtasis que compartimos como amantes, marido y mujer, profundamente, auténticos enamorados, arriba, en el reino apacible de nuestra habitación.

Rose, lucharé con todas mis fuerzas para devolverle la fe en nuestro amor, en nuestra vida.

Eternamente suyo, su esposo,

Armand

He sentido la imperiosa necesidad de interrumpir esta carta, durante un instante no he podido escribir. Ahora, mientras la pluma corre de nuevo por el papel, aquí estoy, una vez más unida a usted. No le escribí muchas cartas. No nos separábamos nunca, ¿no es cierto? También he conservado sus poemitas. Pero ¿pueden llamarse poemas? Unas palabras de amor que me dejaba por todas partes. Cuando el deseo se hace muy fuerte, cedo. Los saco de la bolsa de cuero donde los guardo, junto con su alianza y sus gafas. «Rose, querida Rose, el resplandor de sus ojos es como el alba, y soy la única persona que puede contemplarlo». Y este otro: «Rose, hechicera Rose, tallo sin espinas, coronado de capullos de amor y ternura». No me cabe duda de que alguien ajeno los encontraría pueriles. ¡Qué más da!

Cuando los leo, escucho su magnífica voz grave, es lo que más echo de menos. ¿Por qué los muertos no pueden regresar y hablarnos? Usted susurraría a mi lado cuando tomo un té por la mañana, y murmuraría otras palabras por la noche, cuando escucho el silencio tumbada. Me gustaría oír la risa de mamá Odette y el parloteo de mi hijo. ¿Y la voz de mi madre? Desde luego que no. A ella no la echo en falta. Cuando murió en su cama, en la plaza Gozlin, a una edad avanzada, no sentí nada, ni siquiera una pizca de tristeza. Usted estaba conmigo y con Émile; no apartaba su mirada de mí. Entonces no añoraba a mi madre, sino aún a la suya. Pienso que usted lo sabía. Y seguía llorando a mi hijo. Durante años fui a su tumba un día sí y otro no, caminaba el largo recorrido hasta el cementerio sur, cerca de la puerta de Montparnasse. A veces, usted me acompañaba, pero iba sola muy a menudo.

Cuando estaba cerca de su tumba, me invadía una paz extraña y dolorosa, bajo el sol o la lluvia. No quería hablar con nadie y, si alguien se acercaba demasiado, me refugiaba bajo el paraguas. Una señora de mi edad iba a una tumba contigua con la misma regularidad que yo. También se quedaba horas allí, sentada con las manos en el regazo. Al principio me molestaba su presencia, aunque no tardé en acostumbrarme. Jamás nos dirigimos la palabra. En alguna ocasión intercambiamos un rápido gesto con la cabeza. ¿Rezaría? ¿Hablaría con sus difuntos? Alguna vez llegué a rezar, pero prefería dirigirme directamente a mi hijo, como si estuviera allí, delante de mí.

Usted era tan respetuoso…, nunca me preguntó qué decía a Baptiste durante esas visitas. Ahora puedo confiárselo: le daba las últimas noticias, le contaba los cotilleos de nuestro barrio: que la tienda de la señora Chanteloup, en la calle Ciseaux, había estado a punto de quemarse y que los bomberos habían luchado durante toda la noche para dominar las llamas, que aquel suceso había sido fascinante y horrible a la vez; cómo se portaban sus amigos (el divertido Gustave, de la calle Petite-Bucherie, y la rebelde Adèle, de la calle Sainte-Marthe). Le explicaba que había encontrado una nueva cocinera, Mariette, con talento y tímida, y que Germaine la mangoneaba como quería hasta que yo o, mejor dicho, usted puso orden en el asunto.

Día tras día, mes tras mes, año tras año, iba al cementerio a hablar con mi hijo. También le contaba cosas que nunca me habría atrevido a decirle a usted, queridísimo. Sobre nuestro nuevo emperador, ese engendro pavoneándose a caballo, bajo un chaparrón glacial, en medio de una muchedumbre que gritaba: «¡Viva el emperador!»; le decía que a mí no me impresionaba en absoluto, y menos aún después de todas las víctimas de su golpe de Estado. Le hablé del enorme globo decorado con un águila majestuosa que flotaba por encima de los tejados tras la estela del emperador. Le dije que el globo era impresionante, todo lo contrario al emperador. Usted, igual que la mayoría de la gente de esa época, consideraba insigne al emperador. Yo me mostraba demasiado discreta para expresar mis verdaderos sentimientos políticos. Entonces, tranquilamente, le contaba a Baptiste que, en mi humilde opinión, esos Bonaparte estaban muy pagados de sí mismos. Le describí la fastuosa boda en la catedral, con la nueva emperatriz española, de la que tanto se burlaba la gente. Le hablé de los cañonazos que se dispararon en Invalides cuando nació el príncipe. ¡Qué envidia sentí de ese bebé príncipe! Me pregunto si alguna vez usted se dio cuenta. Siete años antes, nosotros habíamos perdido a nuestro príncipe, nuestro Baptiste. No podía soportar leer esos interminables artículos en la prensa sobre el nuevo hijo del monarca y apartaba cuidadosamente los ojos de cada nuevo retrato repugnante de la emperatriz pavoneándose con su hijo.

Gilbert me ha interrumpido para advertirme de que acaba de ver a Alexandrine en nuestra calle. Le he preguntado qué quería decir y me ha mirado seriamente.

—La florista del bajo, señora Rose, la alta de aspecto estricto, con mucho pelo y cara redonda.

—Sí, es ella —confirmé, y sonreí ante su fiel descripción.

—Pues estaba justo delante de la casa, señora Rose, miraba hacia dentro. Creí que iba a llamar o a abrir la puerta. Entonces le he pegado un pequeño susto. Empieza a estar muy oscuro fuera y cuando he salido de la esquina, ¡menudo salto ha dado! Se ha marchado corriendo como una gallina asustada, no le ha dado tiempo a reconocerme, se lo puedo asegurar.

—¿Qué hacía? —pregunté.

—Pues imagino que buscarla, señora Rose.

Observé sus rasgos sucios.

—Pero si cree que estoy en casa de Violette o de camino…

Gilbert hizo un mohín.

—Es una joven inteligente, señora Rose, usted lo sabe. A esa chica no se la jugará tan fácilmente.

Por supuesto, tenía razón. Unas semanas antes, Alexandrine, con su ojo de lince, había supervisado el empaquetado y la mudanza de los muebles y baúles.

—Señora Rose, ¿de verdad tiene intención de ir a casa de su hija? —me preguntó inocentemente, inclinada sobre una de mis maletas, que intentaba cerrar con ayuda de Germaine.

Le respondí con un aire aún más inocente y los ojos clavados en la sombra oscura de la pared, donde antes había estado el espejo ovalado:

—Por supuesto. No obstante, primero pienso pasar una temporada en casa de la baronesa de Vresse. Germaine irá antes a casa de mi hija con las maletas más imprescindibles.

Alexandrine me lanzó una mirada incisiva. Su voz cascada me agredió los tímpanos:

—Pues eso es lo que me extraña, señora Rose; hace poco fui a casa de la baronesa para entregarle unas rosas y no me dijo ni una palabra de que usted planeara pasar una temporada en su casa.

Hacía falta más que eso para desestabilizarme. Por mucho que quisiera a esa joven (y créame, Armand, estoy mucho más encariñada con esa curiosa criatura y su boquita fruncida que con mi propia hija), no podía poner en peligro mis planes. Entonces, adopté otra táctica. Cogí su mano larga y fina entre las mías y le di unas palmaditas en la muñeca.

—Vamos, vamos, Alexandrine, ¿que quiere que haga una anciana como yo en una casa vacía, en una calle clausurada? No tengo más opción que ir a casa de la baronesa y luego a la de mi hija. Y es lo que haré, confíe en mí.

—Intentaré confiar en usted, señora Rose, lo intentaré.

Preocupada, comenté con Gilbert:

—De algún modo, ha debido de enterarse por mi hija de que aún no he llegado… Y seguro que la baronesa le habrá dicho que no he ido a su casa. ¡Dios mío…!

—Podríamos instalarnos en otro sitio, más caliente y más cómodo.

—No —respondí enérgicamente—. Nunca abandonaré esta casa, jamás.

Gilbert suspiró con tristeza.

—Sí, lo sé muy bien, señora Rose. Pero esta noche debería salir para ver lo que pasa fuera. Voy a esconder la linterna. Desde que ha llegado el frío, las zonas desahuciadas ya no tienen vigilancia. Nadie nos incordiará. Hay hielo, pero bastará con que se agarre de mi brazo.

—Gilbert, ¿qué quiere que vea?

Me lanzó una sonrisa sesgada que me pareció encantadora.

—A lo mejor quiere despedirse de las calles Childebert y Erfurth, ¿no?

Tragué con esfuerzo.

—Sí, efectivamente, tiene razón.

Gilbert y yo organizamos una extraña expedición. Me abrigó como si fuéramos a Siberia. Llevaba puesto un abrigo desgastado, que apestaba tanto a anís y a absenta que habría jurado que lo habían bañado dentro de esos alcoholes, y un gorro de piel con una costra de porquería, pero me mantenía caliente. Probablemente, en otra época habría pertenecido a alguna amiga de la baronesa o cualquier otra dama. Cuando pusimos un pie en la calle, el frío me atrapó en un abrazo glacial, me cortó el aliento, no veía ni torta, la calle estaba completamente a oscuras. Aquello me recordó a las noches negras como la boca del lobo antes de que se instalara la iluminación pública. Era horrible regresar a casa, incluso en los barrios más seguros de la ciudad. Gilbert levantó la linterna y la encendió, su débil resplandor nos iluminó suavemente. Nuestra respiración dibujaba grandes humaredas blancas por encima de nosotros. Yo entrecerraba los ojos en la oscuridad para ver mejor.

La hilera de casas de enfrente de la nuestra había desaparecido. Las habían arrasado y, créame, el espectáculo era asombroso. En su lugar, se levantaban montañas de cascotes que aún no habían retirado. La tienda de la señora Godfin no era más que un montón de vigas y del edificio de la señora Barou solo quedaba un muro tambaleante; la imprenta se había volatilizado y la chocolatería del señor Monthier era una amalgama de madera calcinada, Chez Paulette se había desintegrado y convertido en un montículo de grava. Las casas de nuestro lado de la calle aún resistían valientemente. La mayoría de las ventanas estaban rotas, al menos las que no tenían echadas las contraventanas. Todas las fachadas estaban cubiertas de notificaciones de expropiación y de decretos. Los adoquines que antes veíamos impecables ahora estaban cubiertos de basuras y papeles. Querido, se me rompió el corazón.

Caminamos lentamente por la calle desierta y silenciosa. El aire glacial parecía espesarse a nuestro alrededor, me resbalaban los zapatos sobre la escarcha de la calzada, pero Gilbert me sujetaba muy fuerte pese a la cojera. Cuando llegamos al final de la calle, no pude contener un grito de sorpresa: toda la calle Erfurth, hasta la calle Ciseaux, había desaparecido. Únicamente quedaban montones de escombros. Ya no estaban ni las tiendas, ni los comercios familiares, ni el banco donde me sentaba con mamá Odette, hasta se habían llevado la fuente. De pronto, sentí vértigo, había perdido todas mis referencias. ¿Sabe?, a veces, los años me atrapan y me siento de nuevo una anciana. Créame, esa noche, los sesenta años me pesaban como un fardo en la espalda.

Entonces pude ver cómo, ahí mismo, justo al lado de la iglesia, el bulevar Saint-Germain continuaba con su monstruosa invasión. Nuestra fila de casas era la última aún en pie. Estaba sumergida en la oscuridad, con las ventanas apagadas, y los tejados endebles se recortaban sobre un pálido cielo de invierno sin estrellas. Parecía que un gigante hubiera surgido de sopetón y con una mano torpe hubiese aplastado las calles que yo había conocido toda mi vida.

A apenas unos pasos de la destrucción, los parisienses vivían en sus casas intactas: comían, bebían, dormían y celebraban los cumpleaños, las bodas y los bautizos. Sin lugar a dudas, las obras en curso les resultarían muy molestas —el barro, el polvo, el ruido—, pero sus hogares no estaban amenazados. Jamás sabrían qué se siente cuando uno pierde la casa que ama. Me invadió la tristeza y se me empañaron los ojos de lágrimas. En ese momento, me brotó el odio por el prefecto con tal furia que, sin la mano fuerte de Gilbert, me hubiera dado de bruces con la fina capa de nieve.

Cuando regresamos a casa, estaba agotada. Gilbert debió de darse cuenta, porque se quedó conmigo hasta muy entrada la noche. Esa misma tarde, un caballero conocido suyo, de la calle Canettes, que le daba dinero y comida de vez en cuando, le había regalado sopa. Saboreamos con deleite aquel potaje caliente. No pude evitar pensar en Alexandrine, había recorrido todo el camino hasta la parte clausurada de aquella zona para buscarme. Se me encogió el corazón ante esa idea. Se había puesto en peligro colándose por las calles abandonadas y traspasando todas las barreras de madera, con carteles amenazantes que proclamaban: «Prohibido el paso» y «Peligro». Me pregunté qué esperaba, ¿encontrarme allí tomando una taza de té en el salón vacío? ¿Habría comprendido que su bodega se había convertido en mi refugio secreto? Debía de sospechar algo, de lo contrario nunca hubiera vuelto por aquí. Gilbert tenía razón, era una chica inteligente. Cuánto la echaba de menos.

Unas semanas antes, mientras toda la calle hacía la mudanza ante los próximos derribos, pasamos la mañana juntas, ella y yo, dando un paseo por los jardines de Luxemburgo. Ella había encontrado un empleo en una importante floristería cerca del Palais Royal. Parece ser que la dueña de la tienda era tan autoritaria como ella, y había peligro de que saltaran chispas. Pero de momento, aquello le convenía y el salario era razonable. También había encontrado una casa cerca de allí, un piso espacioso y soleado junto al Louvre. Por supuesto, echaba en falta la calle Childebert, pero era una joven de su tiempo y aprobaba las obras del prefecto. Apreciaba la belleza del Bosque de Boulogne, con su nuevo lago cerca de la Muette. (A mí me parecía vulgar y estoy segura de que, de haberlo visto, usted habría pensado lo mismo. ¿Cómo iba a compararse ese lugar moderno, ondulado, con árboles plantados jóvenes y orgullosos, con el antiguo esplendor de los Médicis de nuestro Luxemburgo?).

Alexandrine ni siquiera había criticado la anexión de los barrios, que se produjo ocho años antes. Ahora, nuestro distrito once ha pasado a ser el sexto, lo que también le habría desagradado a usted. París se ha hecho gigantesco y tentacular. A día de hoy, la ciudad tiene veinte distritos y, de la noche a la mañana, cuenta con más de cien mil almas. Nuestra ciudad se ha comido a Passy, Auteuil, Batignolles-Monceau, Vaugirard, Grenelle, Montmartre y también otros lugares a los que jamás he ido, como Belleville, La Villette, Bercy y Charonne. Todo esto me parece desconcertante y horrible.

Pese a nuestras diferencias, las conversaciones con Alexandrine siempre fueron interesantes. Desde luego, era una testaruda y llegaba a enfurecerse, pero pronto volvía mendigando perdón. Yo me encariñé muchísimo con ella, sí, era como una segunda hija para mí, una hija con un gran corazón, inteligente y culta. Hay otra razón por la que quiero tanto a Alexandrine: nació el mismo año que Baptiste. Le hablé de nuestro hijo una sola vez. Me resultaba demasiado doloroso pronunciar las palabras.

A veces me pregunto por qué no se habrá casado, ¿será por su personalidad tempestuosa? ¿Por el hecho de que diga exactamente lo que piensa y sea incapaz de mostrarse sumisa? Tal vez. Me confesó que no añoraba fundar una familia e incluso admitió que la última de sus preocupaciones era encontrar marido. Semejantes ideas me parecieron chocantes, pero es cierto que Alexandrine no se parece a nadie. Nunca me contó mucho de su infancia en Montrouge. Su padre le daba al frasco y era un bruto. Su madre murió cuando ella era aún joven. Por eso, en cierto modo, soy su madre, ¿se da cuenta?

D espués de que usted se marchara, como ya le he dicho, dos personas me salvaron la vida. Ahora le explicaré de qué manera. (Una breve interrupción: estoy acurrucada en la bodega, lo más cómodamente posible, con un ladrillo caliente en el regazo. Gilbert está arriba, cerca de la cocina de esmalte e, imagínese, ¡puedo oírlo roncar! Curiosamente, ese sonido que hace que me sienta segura no lo había oído desde que usted murió).

¿Recuerda la invitación de color rosa que recibí una buena mañana? ¿Esa invitación que olía a rosa? Entonces fue cuando bajé a casa de Alexandrine por primera vez. Ella me esperaba en su minúsculo salón de la trastienda, cerca de donde ahora le escribo.

Había preparado una deliciosa colación: un bizcocho ligero de limón, barquillos, fresas, crema y un excelente té de aroma ahumado. Parece ser que procedía de China. Era un Lapsang souchong que había comprado en una nueva tienda de tés que estaba muy de moda, Mariage Frères, en el Marais. Yo estaba tensa, no olvide que habíamos empezado con mal pie, pero Alexandrine se mostró encantadora.

—Señora Rose, ¿le gustan las flores? —me preguntó.

Hube de confesarle que no sabía nada de ellas, pero me parecían bonitas.

—Bueno, ¡por algo se empieza! —rio—. Y con su nombre, ¿cómo puede no amar las flores?

Después de la merienda, me propuso que me quedase un rato en la tienda para ver cómo trabajaba. La propuesta me sorprendió, pero me halagó que aquella joven encontrara mi compañía agradable. Me colocó una silla y me senté cerca del mostrador con mi labor, que apenas avanzó, porque lo que vi y oí ese día me fascinó.

La tienda era un regalo para los ojos y me sentía muy a gusto entre aquellas paredes rosas, rodeada de centros de flores y aromas embriagadores. Alexandrine tenía un aprendiz que se llamaba Blaise; no decía ni pío, pero trabajaba duro.

Para mi gran sorpresa, descubrí que había mucho que hacer en una floristería. ¿Se da cuenta?, se regalan flores para tantas ocasiones y por tantos motivos... Pasé toda la tarde observando a Alexandrine con su larga bata negra que le daba un aspecto elegante y estricto. Con una mano rápida y segura y mucha maña, manipulaba los lirios, los tulipanes, las flores de lis. Blaise rondaba detrás de ella, mirando atentamente el menor de sus gestos. De vez en cuando, iba a entregar un ramo cerca.

No hubo ni un momento de descanso. Irrumpió un apuesto caballero de pelo rizado con la capa al viento. Quería una gardenia para el ojal para una velada en la ópera. Luego llegó una señora y encargó flores para un bautizo y otra (toda de negro, pálida y cansada, que estuvo a punto de hacerme llorar) para un funeral. El sacerdote joven que trabajaba con el padre Levasque pasó a elegir unas flores de lis para la reapertura de la iglesia, tras dos años de obras de restauración. Luego le tocó el turno a la señora Paccard, que hizo su encargo semanal, porque mandaba poner flores frescas para cada nuevo huésped del hotel Belfort. El señor Helder solicitó unos centros especiales para un cumpleaños sorpresa que se celebraba en su restaurante de la calle Erfurth.

Alexandrine escuchaba con atención a cada cliente, les hacía sugerencias, les enseñaba tal o cual flor, imaginaba un ramo y lo describía. Se tomaba su tiempo aunque se formara cola en la tienda. Rápidamente encontraba una silla y ofrecía un caramelo o una taza de té al cliente recién llegado, que esperaba con paciencia junto a mí. «No me extraña que el negocio prospere —pensaba—, si lo comparamos con el de la señora Collévillé, oscuro y anticuado».

¡Tenía tantas preguntas que hacer a Alexandrine mientras se afanaba en la tienda! ¿Dónde se surtía de flores? ¿Cómo las elegía? ¿Por qué se había hecho florista? Pero estaba tan ajetreada que no podía dirigirle ni una palabra. Solo podía mirarla con las manos ociosas en el regazo, mientras ella seguía con su tarea diaria.

A la mañana siguiente, volví a la tienda. Tímidamente, di unos golpecitos en el escaparate y Alexandrine me hizo un gesto con la cabeza para indicarme que entrara.

—Mire, señora Rose, ¡su silla la espera! —dijo, con un amplio gesto, y su voz me pareció menos chillona, casi encantadora.

Armand, pasé toda la noche pensando en la floristería. En cuanto me desperté, no descansé hasta que regresé allí y me encontré con ella. Empezaba a captar el ritmo del día. Por la mañana, después de haber ido a por flores frescas al mercado, con Blaise, me enseñaba unas rosas divinas de un color rojo oscuro.

—Mire, señora Rose, estas son tan bonitas que me las van a quitar de las manos. Son *Rosa Amadis* y nadie puede resistirse a ellas.

Y estaba en lo cierto. Nadie podía resistirse a esas rosas suntuosas, a su perfume embriagador, a la riqueza de su tinte, a la textura algodonosa. A mediodía, no quedaba ni una *Rosa Amadis* en la floristería.

—La gente adora las rosas —me explicaba Alexandrine, mientras preparaba unos ramos, que los clientes comprarían cuando regresasen a sus casas o se dirigieran a una cena—. La rosas son las flores reinas. Cuando alguien las regala, no puede equivocarse.

Ya había compuesto tres o cuatro ramos con diferentes variedades de flores, hojas y lazos de satén. Parecía tan fácil…, pero yo sabía que no lo era. Esa joven tenía un don.

Una mañana, Alexandrine me pareció muy agitada; le gritaba al pobre Blaise, que cumplía con sus tareas como un soldadito valiente frente al enemigo. Me pregunté cuál sería la causa de tanto nerviosismo. Alexandrine miraba continuamente el reloj de pared, abría la puerta de la calle y, cada vez, hacía sonar la campanilla, se quedaba de pie en la acera, con las manos en jarras, mirando la calle Childebert. Yo estaba perpleja. ¿Qué esperaba? ¿A un novio? ¿Una entrega especial?

Después, cuando ya temía no soportar más aquella espera, apareció una figura en el umbral de la puerta. Era la mujer más hermosa que jamás hubiera visto.

Parecía flotar por la tienda, como si caminara sobre una nube. ¡Ay, querido!, ¿cómo se la describiría? Blaise hasta clavó una rodilla en el suelo para saludarla. Era exquisita, grácil, una muñeca de porcelana, vestía a la última moda: un miriñaque de color malva (aquel año, la emperatriz solo vestía de color malva) con cuello y puños de encaje blanco, y el sombrero era el tocado más encantador que se pudiera imaginar. La acompañaba una sirvienta, que esperó fuera, aquella radiante mañana de primavera.

Yo no conseguía despegar los ojos de esa hada desconocida. Su rostro dibujaba un óvalo perfecto, tenía unos extraordinarios ojos negros, la piel de un blanco lechoso, dientes de nácar y el pelo negro y brillante recogido en un moño trenzado. No sabía quién era, pero inmediatamente comprendí la extrema importancia que le concedía Alexandrine. La dama le tendió sus manitas blancas, Alexandrine las sujetó, las estrechó contra sí y, loca de admiración, exclamó:

—¡Ay, señora, creía que no llegaría nunca!

La hermosa desconocida echó la cabeza hacia atrás y rio alegremente.

—Vamos, vamos, señorita, le hice saber que vendría a las diez, y aquí estoy, ¡solo con unos cuantos minutos de retraso! Tenemos tanto que hacer, ¿no es cierto? ¡Estoy segura de que habrá encontrado ideas magníficas para mí!

Yo contemplaba la escena boquiabierta junto a Blaise.

—Sí, se me han ocurrido ideas realmente extraordinarias, señora. Espere, ahora mismo se las enseño, pero, antes, permítame que le presente a mi arrendadora, la señora Bazelet.

La dama se volvió hacia mí con una sonrisa graciosa. Me levanté para saludarla.

—Se llama Rose —siguió Alexandrine—. ¿No lo encuentra encantador?

—En efecto, ¡absolutamente encantador!

—Señora Rose, le presento a la mejor y más maravillosa de mis clientes, la baronesa de Vresse.

La manita blanca estrechó la mía; luego, tras un gesto de Alexandrine, Blaise fue rápidamente a buscar unos pliegos de papel con bocetos a la trastienda y los extendió sobre la mesa grande. Yo estaba impaciente por saber de qué se trataba.

La baronesa describió minuciosamente un vestido de baile. Querido, el acontecimiento se presentaba grandioso. La baronesa asistía a un baile que ofrecía la emperatriz en persona. Allí estarían la princesa Mathilde, el prefecto y su esposa, y toda clase de elegantes personalidades.

Alexandrine se comportaba como si todo aquello fuera normal, pero yo estaba muy nerviosa. De la confección del vestido se ocupaba Worth, el famoso modista de la calle de la Paix, que vestía a las señoras a la última moda. El vestido de la baronesa era de un rosa brillante, nos explicó, con hombros voluminosos y un amplio y provocativo escote en uve. El miriñaque tenía cinco volantes y una banda trenzada. Alexandrine le enseñaba bocetos: había pensado en una corona fina de capullos de rosa, de nácar y cristal para el peinado y el corpiño.

¡Qué adorables eran los dibujos! El talento de Alexandrine me impresionó. No era de extrañar que esas damas se presentaran en la floristería. Sin duda, a usted le asombrará que yo, tan crítica con la emperatriz y sus frivolidades, admirase de ese modo a la baronesa de Vresse. Querido, seré honesta con usted, esa mujer era sencillamente encantadora. De su persona no se desprendía nada afectado ni pretencioso. En varias ocasiones me pidió mi opinión, como si le importase, como si yo fuera un personaje importante. No sé qué edad tendría esa criatura cautivadora —calculo que unos veinte años—, pero adivinaba que había recibido una educación impecable, hablaba varios idiomas y había viajado. ¿La emperatriz también? Sin lugar a dudas. ¡Ay!, usted habría adorado a la hermosa baronesa, estoy segura.

Al final del día, sabía algo más de la baronesa: su nombre de soltera era Louise de Villebague y se había casado con Félix de Vresse al cumplir los dieciocho años. Me enteré de que tenía dos hijas, Bérénice y Apolline, que le gustaban las flores y que todos los días llenaba de ellas su casa de la calle Taranne. Sabía que Alexandrine era la única florista con la que quería trabajar, porque la señorita Walcker «comprende las flores de verdad», me dijo muy seria mirándome con sus grandes ojos.

Cariño, ahora tengo que parar. Siento punzadas en la mano por haber escrito tanto. El ronquido de Gilbert me proporciona una sensación de seguridad. Ahora me acurrucaré bajo las mantas y dormiré tanto como pueda.

He tenido unos sueños muy extraños. El último es francamente raro: estaba tumbada en una especie de pradera llana y contemplaba el cielo. Era un día de mucho calor y el tejido grueso del vestido de invierno me irritaba la piel. Debajo de mí, el suelo era de una agradable suavidad y, cuando volvía la cabeza, era consciente de que estaba acostada en una profunda cama de pétalos de rosas; algunos aplastados y marchitos exhalaban un perfume delicioso. Oía a una niña canturreando una canción. Creía que era Alexandrine, pero no podía asegurarlo. Quería levantarme; sin embargo, me daba cuenta de que era incapaz: tenía las manos y los pies atados con unos finos lazos de seda.

No podía hablar, un echarpe de algodón me amordazaba la boca. Intentaba luchar, mis movimientos eran lentos y pesados como si me hubieran drogado. Entonces, me quedaba tumbada, impotente. No sentía miedo. Lo que más me preocupaba era el calor y el sol que me quemaba la tez pálida. De quedarme así mucho tiempo, me llenaría de pecas. El canto se hacía más fuerte y oía el sonido de unos pasos que ahogaban los pétalos de rosa. Un rostro se inclinaba sobre el mío, aunque no podía decir de quién era porque me cegaba la luz del sol. Luego reconocía a una niñita que había visto muchas veces en la librería, con una cara redonda de idiota. Era una criatura dulce y patética, no recuerdo su nombre; no obstante, creo que tenía algún lazo secreto con el señor Zamaretti. A menudo, cuando iba a buscar un libro, la niña estaba allí, sentada en el suelo, jugando con una pelota de goma. A veces, le enseñaba las ilustraciones de los cuentos de la condesa de Ségur. Ella reía, o, mejor dicho, aullaba, muy alto, pero yo ya me había acostumbrado. La niña estaba en mi sueño, moviendo unas margaritas encima de mi frente, riendo a carcajadas. El nerviosismo se apoderaba de mí, el sol era abrasador, me resecaba. Me dejaba llevar por la rabia, le gritaba a la niña y ella se asustaba. Pese a mis súplicas, retrocedía, luego se fue, se marchó corriendo torpemente, casi como un animal. Desaparecía. Grité otra vez, aunque con el echarpe en la boca nadie podía oírme. Y ni siquiera sabía su nombre. Me sentía impotente. Estallaba en sollozos y, cuando desperté de ese sueño, me corrían las lágrimas por las mejillas.

Calle Childebert, 18 de marzo de 1865

Mi queridísima señora Rose:
Es la primera carta que le escribo, pero tengo la sensación de que no será la última. Germaine ha bajado para avisarme de que esta tarde no vendrá a la tienda por culpa de un mal enfriamiento. Realmente lo siento y ¡la echaré mucho de menos! Repóngase pronto.
He cogido la pluma mientras Blaise se ocupa de los primeros encargos del día. Esta mañana hace frío y casi me alegra saber que está bien caliente en la cama, con Mariette y Germaine mimándola. Me he acostumbrado de tal modo a su presencia que no puedo soportar el

espectáculo de la silla vacía en el rincón en el que usted se sienta con la labor. Todos los clientes me preguntarán por usted, créame. Sin embargo, la más apenada será nuestra divina baronesa. Le preguntará a Blaise dónde está usted, qué le ocurre y, con toda seguridad, le mandará que le lleve un regalito, quizá un libro, o esos bombones que nos vuelven locas a las dos.

Disfruto tanto con nuestras conversaciones... Nunca hablé mucho con mis padres. Mi padre prefería el aguardiente antes que a su hija o a su mujer, y mi madre no era muy afectuosa. Tengo que admitir que crecí en soledad. En cierto modo, usted es casi como una madre para mí. Espero que esto no le moleste. Ya tiene una hija, también con nombre de flor; sin embargo, señora Rose, usted ha ocupado un gran espacio en mi vida, y lo siento más al contemplar su silla vacía. No obstante, es de otro asunto del que quería hablarle. Se trata de una cuestión espinosa y no estoy segura de saber cómo hacerlo. Lo intentaré.

Conoce mi postura respecto a las obras del prefecto. Entiendo que no lo vea con los mismos ojos, pero tengo que descargarme del peso de lo que sé. Usted está convencida de que nuestro barrio se encuentra a salvo, que las mejoras no afectarán a su casa familiar por su proximidad con la iglesia. Yo no estoy tan segura. Sea como fuere, le pido que empiece a considerar qué pasaría si supiese que se debe derribar su casa. (Sé cuánto va a herir-

le esta idea y que me odiará. Pero usted es demasiado importante para mí, señora Rose, como para que me preocupe un resentimiento pasajero).

¿Recuerda cuando me ayudó con la entrega de las flores de lis en la plaza Furstenberg, el día que murió el pintor Delacroix en su estudio? Mientras arreglábamos las flores, sorprendí una conversación entre dos señores. Un caballero elegante, con un bigote imperial y el traje bien planchado, charlaba con otro más joven, a todas luces menos importante, sobre el prefecto y su equipo. Yo no prestaba demasiada atención hasta que escuché: «He visto los planos en el ayuntamiento. Todas las callejuelas oscuras de alrededor de la iglesia, hasta la esquina, van a desaparecer. Son demasiado húmedas y demasiado estrechas. Es una suerte que el viejo Delacroix ya no esté aquí para verlo».

Nunca se lo he dicho porque no quería preocuparla. Entonces pensé, mientras la acompañaba por la calle Abbaye, que aún faltaba mucho tiempo para que llevasen eso a cabo. También yo creía que la calle Childebert escaparía de la destrucción, porque se encuentra en la estela de la iglesia. Sin embargo, ahora me doy cuenta de a qué velocidad avanzan las obras, el ritmo enloquecido, la organización masiva, y siento que asoma el peligro. ¡Ay, señora Rose! Tengo miedo.

Le hago llegar la carta a través de Blaise y le suplico que la lea hasta el final. Debemos pensar en la peor de las posibilidades. Aún tenemos tiempo, pero no mucho.

Le mando un bonito ramo de sus rosas preferidas. Cada vez que las toco, que las huelo, me acuerdo de usted.

Afectuosamente,

Alexandrine

Esta mañana no me duele casi nada. Me sorprende la robustez de mi organismo. ¡A mi edad! ¿Quizá porque aún soy joven de espíritu? ¿Porque no tengo miedo? ¿Porque sé que usted me espera? Hace mucho frío. No hay nieve, solo sol y el cielo azul, que puedo ver desde la ventana de la cocina. Nuestra ciudad, o, mejor dicho, la del emperador y del prefecto, en su mejor día. ¡Ay!, me siento muy feliz porque no volveré a poner los ojos en esos bulevares. Como leí de la pluma de los hermanos Goncourt: «Los nuevos bulevares, tan largos, tan anchos, geométricos, aburridos como grandes caminos».

Una noche de verano, Alexandrine me arrastró para dar un paseo por los nuevos bulevares de detrás de la iglesia de la Madelaine. El día había sido caluroso, asfixiante, y yo aspiraba a la fresca serenidad de mi salón, pero ella no quiso ni oír hablar de eso. Me obligó a ponerme un vestido bonito (el de color rubí y negro), a ajustarme el moño y a meter los pies en esos botines minúsculos que tanto le gustaban a usted. ¡Una anciana elegante como yo debía salir y ver el mundo, en lugar de quedarse en casa con una infusión y la manta de mohair! ¿Acaso no vivía en una magnífica ciudad? Yo me dejaba hacer.

Subimos a un ómnibus abarrotado para llegar hasta allí. No puedo decirle cuántos parisienses se apretujaban por aquellas largas avenidas. ¿Tendría capacidad la ciudad para albergar a tanta población? A duras penas pudimos abrirnos camino por las aceras flamantemente nuevas. Y el ruido, Armand: el rugido incesante de las ruedas, el golpeteo de los cascos de los caballos, las voces, las risas. Los vendedores de periódicos gritaban los titulares, las jóvenes que vendían violetas. La iluminación cegadora de los escaparates, las nuevas farolas. Cualquiera pensaría que era hora punta. Imagine un flujo continuo de calesas y transeúntes. Todo el mundo parecía pavonearse, exhibir sus mejores galas, joyas, tocados enrevesados, escotes generosos, caderas curvas, labios rojos, peinados con tirabuzones, gemas centelleantes. Las tiendas exponían las mercancías con un exceso de selecciones, texturas y tonos que aturdía.

Los cafés luminosos extendían a los clientes por las aceras, en filas y filas de mesitas, unos camareros entraban y salían precipitadamente con la bandeja levantada muy arriba.

Alexandrine mantuvo un duro combate para conseguir una mesa (yo nunca me hubiera atrevido), y pudimos sentarnos al fin. Justo detrás de nosotras, había un grupo de señores muy alborotadores, que se dedicaban a tragar cerveza. Pedimos licor de ciruela. A nuestra derecha, dos señoras excesivamente maquilladas se exhibían. Me fijé en los escotes y el pelo teñido. Alexandrine me miró discretamente. Sabíamos lo que eran y qué esperaban. Pues fue rápido: uno de los hombres de la mesa de atrás se dirigió tambaleándose hacia ellas, se inclinó y murmuró algo. Pocos minutos después, se marchaba dando trompicones con una criatura a cada brazo, bajo los vítores y silbidos de sus compañeros. «Indignante», articuló en voz baja Alexandrine. Yo asentí con la cabeza y bebí un sorbo de licor.

Cuanto más tiempo pasaba allí, espectadora impotente de esa marea de vulgaridad, más me enfurecía. Miraba atentamente los edificios inmensos, blanquecinos, que teníamos enfrente, en la avenida de monótona línea recta. No había ni una luz encendida en los pisos de lujo, construidos para ciudadanos adinerados. El prefecto y el emperador habían conseguido un decorado de teatro a su imagen y semejanza: sin corazón ni alma.

—¿No es grandioso? —murmuró Alexandrine, con los ojos abiertos como platos.

Al verla, no tuve valor para expresar mi disgusto. Era joven, entusiasta; le gustaba ese nuevo París, igual que a todos los que nos rodeaban y disfrutaban de esa noche de verano. Le encantaba todo ese oropel, ese aparentar, esa vanidad.

¿Qué había sido de mi ciudad medieval, de su encanto pintoresco, de sus paseos sombreados y tortuosos? Aquella noche, tuve la sensación de que París se había convertido en una vieja prostituta colorada que se exhibía con sus faldas haciendo frufrú.

A mi lado hay una pila de libros, a los que tengo un cariño especial. Sí, libros. Ahora le toca a usted reír. Al menos, deje que le cuente cómo sucedió.

Un día que salía de la floristería con la cabeza llena de olores y colores, de pétalos y de los vestidos de baile de la baronesa de Vresse, el señor Zamaretti me pidió con mucha educación que fuera por la librería cuando tuviese un momento. (Por supuesto, se había dado cuenta de que las recientes reformas de Alexandrine habían ayudado a la prosperidad de su comercio y él también había decidido remodelar su establecimiento). Yo jamás había puesto un pie allí; sin embargo, sabía que usted iba con frecuencia, le encantaba leer. Además, el señor Zamaretti se había fijado en que pasaba mucho tiempo con Alexandrine, desde hacía uno o dos años. ¿Estaría un poco celoso de nuestra amistad? Otro día lluvioso de junio, llegó como una exhalación, cuando Alexandrine charlaba con sus clientes de la terrible ejecución, en la prisión de la Roquette, del joven doctor Couty de la Pommerais, acusado de haber envenenado a su amante. Una gran muchedumbre asistió a la ejecución. El señor Zamaretti nos proporcionó toda clase de detalles sangrientos, puesto que un amigo suyo había asistido a la decapitación. (Cuanto más chillábamos de horror, más parecía divertirse).

Acepté su invitación y una tarde entré en la librería, que tenía las paredes pintadas de un color azul pálido especialmente sosegante y despedía un olor a cuero y papel embriagador. El señor Zamaretti había hecho un buen trabajo. Se veía un mostrador alto con lápices, cuadernos de notas, lupas, cartas y recortes de prensa; unas hileras de libros de todos los tamaños y colores, además de una escalera para llegar a ellos. Los clientes podían sentarse en unos cómodos sillones, bajo la luz de unas buenas lámparas, y leer allí tan contentos. En la tienda de Alexandrine resonaban los parloteos y el roce del papel que usaba para envolver las flores, el tintineo de la campanilla de la puerta y la tos frecuente de Blaise. Aquí, en cambio, el ambiente era estudioso e intelectual.

Al entrar en la librería profunda y oscura, donde reinaba el silencio, cualquiera diría que había entrado en una iglesia. Felicité al señor Zamaretti por su buen gusto y estaba a punto de retirarme cuando me hizo la misma pregunta que Alexandrine me había planteado unos meses antes. Por supuesto, en este caso orientada hacia su propio comercio y no hacia las flores:

—Señora Rose, ¿le gusta leer?

Me quedé desconcertada, no sabía qué responder. Porque, desde luego, resulta embarazoso tener que reconocer que una no lee, ¿no le parece? Habría quedado como una idiota. Por lo tanto, murmuré unas palabras con la cabeza gacha.

—¿Quizá le gustaría sentarse aquí y leer un ratito? —me propuso, con una delicada sonrisa.

(No es guapo, recuerde, pero hay que mencionar sus ojos negros, los dientes blancos y el hecho de que presta mucha atención a la ropa. Bien sabe usted cuánto me gusta describir con detalle la ropa, y puedo decir que aquel día llevaba un pantalón de cuadros azul, un chaleco a rombos rosa y violeta y un redingote adornado con un vivo de astracán). Me condujo hasta un sillón y me encendió la luz. Yo me senté dócilmente.

—Aunque no conozco sus gustos, ¿podría permitirme una sugerencia para hoy?

Asentí. Con una sonrisa radiante, trepó con habilidad por la escalera. El verde esmeralda de los calcetines me dejó admirada. Bajó de nuevo, sujetando algunos libros contra su cadera en cuidado equilibrio.

—Aquí tenemos algunos autores que, sin duda, le gustarán: Paul de Kock, Dumas, Erckmann-Chatrian…

Dejó los volúmenes encuadernados en cuero, con los títulos en letras de oro, sobre una mesita que había delante de mí. *Le barbier de Paris, L'ami Fritz, La tulipe noire, Le colonel Chabert.* Los miré con desconfianza, al tiempo que me mordía el labio.

—¡Ah! —exclamó, repentinamente—. Tengo una idea.

Volvió a subir la escalera. Esta vez solo buscó un libro, que me entregó en cuanto tocó el suelo con los pies.

—Sé que este le gustará, señora Rose.

Lo cogí con cuidado y me fijé, no sin cierta angustia, en que era bastante gordo.

—¿De qué trata? —pregunté educadamente.

—De una joven hermosa con una vida aburrida. Está casada con un médico y la banalidad de su vida provinciana la asfixia.

Vi que un lector silencioso, al otro lado de la sala, había levantado los ojos e inclinado la cabeza, y escuchaba atentamente.

—¿Y qué le ocurre a esa joven aburrida? —pregunté, con curiosidad.

El señor Zamaretti me miró como si hubiera atrapado la primera pieza en un extraordinario día de pesca.

—Mire, esa joven es una entusiasta lectora de novelas sentimentales. Sueña con un romance y su marido le parece insignificante. Por lo tanto, se deja tentar por las aventuras e, inevitablemente, se perfila la tragedia...

—¿Es una novela adecuada para una anciana respetable como yo? —le corté.

Fingió un gesto de sorpresa. (Usted sabe la tendencia que tenía a exagerar).

—¡Señora Rose! ¿Cómo vuestro humilde y digno servidor iba a atreverse a proponerle un libro inconveniente a su rango y a su inteligencia? Me he tomado la libertad de sugerirle este porque sé que las señoras sucumben ante esta obra con pasión aunque no les entusiasme la lectura.

—Probablemente les atraiga el escándalo en torno al proceso —intervino el lector solitario del otro extremo de la librería.

El señor Zamaretti se sobresaltó como si hubiera olvidado hasta su presencia.

—A la gente le apetece leerlo mucho más.

—Señor, tiene usted razón. El escándalo ha contribuido a que el libro haga furor.

—¿Qué escándalo? ¿Qué proceso? —pregunté, y otra vez me sentí idiota.

—Bueno, señora Rose, eso ocurrió hace tres o cuatro años. Acusaron al autor de ultraje contra la moral pública y la religión. Se paralizó la publicación íntegra de la novela, lo que provocó un juicio que causó mucho revuelo en la prensa. En consecuencia, todo el mundo quiso leer el libro que había sido fuente de semejante escándalo. Personalmente, vendí unos diez al día.

Miré el libro y abrí la guarda.

—Y usted, señor Zamaretti, ¿qué piensa de todo esto? —le interrogué.

—Creo que Gustave Flaubert es uno de nuestros mejores autores —afirmó—. Y que *Madame Bovary* es una obra maestra.

—Vamos, hombre —dijo socarrón el lector desde su rincón—. Eso es un poco exagerado.

El señor Zamaretti lo ignoró.

—Señora Rose, lea las primeras páginas. Si no le gusta no está obligada a seguir con la lectura.

Asentí de nuevo, respiré profundamente y pasé a la primera página. Por supuesto, lo hacía por él. Había sido muy amable desde que usted murió: me sonreía cariñosamente, me saludaba cuando pasaba por delante de su tienda. Me arrellané cómodamente en el sillón: leería unos veinte minutos, le daría las gracias y subiría a casa.

Cuando vi a Germaine de pie delante de mí, retorciéndose las manos, aún no estaba completamente segura de saber dónde estaba ni qué hacía. Tenía la impresión de volver de otro mundo. Germaine me miraba fijamente, incapaz de hablar. Fuera estaba oscuro y me crujía el estómago.

—¿Qué hora es? —pregunté bajito.

—Señora, son casi las siete. Mariette y yo estábamos muy preocupadas. La cena está preparada y el pollo se ha hecho demasiado. No la encontrábamos en la floristería. La señorita Walcker nos dijo que se había marchado hacía mucho tiempo.

Miró intensamente el libro que yo tenía en las manos. Luego me di cuenta de que había estado leyendo tres horas. El señor Zamaretti me ayudó a levantarme con una sonrisa triunfal.

—¿Querrá venir mañana y seguir con la lectura? —preguntó, encantador.

—Sí —respondí alelada.

Germaine, enfadada y sin dejar de menear la cabeza y chasquear la lengua, me llevó casi a rastras a casa.

—Señora, ¿se encuentra bien? —murmuró Mariette, que daba golpecitos con el pie junto a la puerta, envuelta en un apetitoso aroma a pollo asado.

—La señora está muy bien —respondió muy seria Germaine—. La señora estaba leyendo. Se olvidó de todo lo demás.

Mi amor, pensé que usted se habría reído.

Acabé pasando las mañanas en la librería y las tardes en la tienda de Alexandrine. Leía dos o tres horas, luego subía y comía algo rápido, que había preparado Mariette y me servía Germaine, y, a continuación, volvía a bajar a la floristería. Ahora entiendo que la lectura y las flores han tejido mi trama personal y me permitieron agarrarme a la vida después de que usted se hubiera ido.

Ardía en deseos de volver a encontrarme con Charles, Emma, Léon y Rodolphe. El libro me aguardaba en la mesita, delante del sillón, y me lanzaba sobre él. Me parece difícil explicar qué sentía cuando leía, pero me esforzaré por hacerlo. Usted, un gran lector, debería entenderme. Era como si me encontrase en un lugar donde nada podía alterarme ni afectarme. Me volvía insensible a los ruidos de mi alrededor, a la voz del señor Zamaretti, a la de los demás clientes, a los transeúntes de la calle. Incluso cuando la niña retrasada iba a jugar, reía aullando y rodaba el balón por el suelo, únicamente veía las palabras en la página. Las frases se transformaban en imágenes que me aspiraban como por arte de magia. Las imágenes afluían a mi cabeza. Emma, su pelo y sus ojos negros, tan negros que, a veces, eran casi azules. Gracias a los detalles ínfimos de su vida, tenía la impresión de estar con ella, de vivir esos instantes junto a ella. El primer baile en La Vaubreyssard, el asombroso vals con el vizconde. El ritmo estancado de su vida en el campo, su descontento creciente. Sus sueños interiores vívidamente descritos. Rodolphe, la cabalgada por el bosque, su abandono, la cita secreta en el jardín. Luego, la relación con Léon en el esplendor pasado de moda de una habitación de hotel. Y el final horrible que me dejó sin respiración, el dolor de Charles.

¿Cómo había tardado tanto en descubrir la alegría de la lectura? Recuerdo lo concentrado que estaba usted, las noches de invierno, cuando leía junto a la chimenea. Yo cosía, zurcía o escribía cartas. En ocasiones, jugaba al dominó. Y usted no se levantaba del sillón, con el libro en la mano y los ojos recorriendo página tras página. Recuerdo haber pensado que la lectura era su pasatiempo favorito y que yo no lo compartía. Aunque eso no me preocupaba. Sabía que usted tampoco compartía mi pasión por la moda. Mientras que a mí me maravillaba el corte de un vestido o el tono de un tejido, usted disfrutaba de Platón, Honoré de Balzac, Alexandre Dumas y Eugène Sue. ¡Ay, amor mío, qué cerca de mí lo sentí cuando devoraba *Madame Bovary!* No llegaba a comprender todo ese escándalo por el juicio. ¿No había conseguido Flaubert entrar, precisamente, en el alma de Emma Bovary, y ofrecía al lector la posibilidad de conocer todas las sensaciones que ella vivía, su hastío, su dolor, su pena y su alegría?

Una mañana, Alexandrine me llevó con ella al mercado de flores de Saint-Sulpice. Había pedido a Germaine que me despertara a las tres de la madrugada, lo que hizo, con la cara abotargada de sueño, mientras que yo sentía el escozor de la excitación y ni la menor sombra de cansancio. Al fin descubriría cómo elegía las flores Alexandrine los martes y los viernes, con Blaise. Allí estábamos los tres en la penumbra y el silencio de la calle Childebert. No había nadie, salvo un par de traperos con los garfios y las linternas. Creo que nunca había visto la ciudad a una hora tan temprana, ¿y usted?

Recorrimos la calle Ciseaux y nos metimos por Canettes; los primeros carros y carretas se dirigían hacia la plaza de la iglesia. Alexandrine me había explicado que el prefecto estaba construyendo un nuevo mercado cerca de la iglesia de Saint-Eustache, un enorme edificio con pabellones de cristal y metal, sin duda una monstruosidad, que estaría terminado en uno o dos años. Podrá imaginar que tenía tan pocas ganas de ir allí como de ver las obras de su nueva y grandiosa ópera. De modo que Alexandrine tendría que ir a comprar las flores a ese gigantesco mercado. Sin embargo, esa mañana caminábamos hacia Saint-Sulpice. Yo me cerraba el abrigo y lamentaba no haber cogido el echarpe de lana rosa. Blaise tiraba de una carretilla de madera detrás de él, que era casi de su tamaño.

Al acercarnos, pude oír el murmullo de las voces y el ruido de las ruedas sobre los adoquines. Las lámparas de gas creaban unas bolsas de luz brillantes encima de los puestos. El perfume dulce y familiar de las flores me recibió en un abrazo amistoso. Seguimos a Alexandrine por un laberinto de colores. A medida que pasábamos, me iba diciendo el nombre de las flores: claveles, campanillas de invierno, tulipanes, violetas, camelias, miosotas, lilas, narcisos, anémonas, ranúnculos… Me daba la impresión de que me presentaba a sus mejores amigas.

—Aún no es la época de las peonías —dijo, alegremente—. Pero en cuanto empiecen a llegar, ya verá, gustan casi tanto como las rosas.

Alexandrine se movía entre los puestos con una habilidad de profesional. Sabía exactamente lo que quería. Los vendedores la recibían llamándola por su nombre, algunos la cortejaban abiertamente; no obstante, no les hacía ni caso. Casi ni sonreía. Dejó de lado unos ramos de rositas redondas y blancas que a mí me parecían deliciosas. Cuando se dio cuenta de mi perplejidad, me explicó que no estaban muy frescas.

—Las rosas blancas *Aimée Vibert* tienen que estar perfectas —murmuró—, ribeteadas con un ligero trazo rosa y textura de seda. Las utilizamos para los ramos de novia. Estas no durarían.

Me dejó asombrada, ¿cómo lo sabría? ¿Quizá por la manera en que los pétalos se retorcían o por el matiz de los tallos? Me daba vueltas la cabeza pero estaba encantada. La miraba tocar las hojas y los pétalos con una mano firme y rápida, a veces se inclinaba para oler una flor o la rozaba con la mejilla. Regateaba de manera encarnizada con los vendedores. Me quedé atónita por su determinación. No cedió, no retrocedió ni una vez. Tenía veinticinco años y ganaba a los rudos y experimentados vendedores.

Me pregunté de dónde procedían todas esas flores.

—Del Midi —me respondió Blaise—. Del sur y del sol.

No pude evitar pensar en ese raudal de flores invadiendo la ciudad día tras día. Y una vez vendidas, ¿adónde iban a parar?

—A bailes, iglesias, bodas y cementerios —me confirmó Alexandrine, mientras Blaise apilaba sólidamente las flores que había comprado—. Señora Rose, París siempre está hambrienta de flores. Necesita su ración diaria, para el amor, para la pena, la alegría, el recuerdo, para los amigos.

Le pregunté sobre los motivos que le habían empujado a elegir esa profesión. Alexandrine sonrió, al tiempo que se daba unos golpecitos en la gruesa mata de rizos.

—Cerca de aquí, cuando vivía en Montrouge, había un jardín enorme. Era magnífico, tenía una fuente y una estatua. Todas las mañanas iba a jugar allí y los jardineros me enseñaron todo lo que sé. Era fascinante. Muy pronto comprendí que las flores formarían parte de mi vida.

Luego, añadió en voz baja:

—Las flores tienen su propio lenguaje, señora Rose. A mí me parece mucho más poderoso que el de las palabras.

Y con un gesto rápido, me puso un capullo de rosa en el ojal del abrigo.

La imaginaba de niña, delgaducha, con el pelo rebelde sujeto en dos trenzas, echando chispas en el jardín de Montrouge, un lugar frondoso, con olor a rosas y grava fina, inclinándose sobre las yemas y con las manos largas y sensibles examinando pétalos, espinas, bulbos y flores. Me había dicho que era hija única. Comprendí que las flores se habían convertido en sus amigas más cercanas.

Entretanto, el sol se había alzado tímidamente por entre las dos torres de Saint-Sulpice. Se apagaron las últimas lámparas de gas. Tuve la sensación de despertarme después de siglos. Había llegado el momento de regresar a la calle Childebert. Blaise tiró de la carretilla y, una vez en la tienda, las flores quedaron colocadas hábilmente en jarrones llenos de agua.

Pronto empezaría a sonar la campanilla de la puerta y las flores de Alexandrine iniciarían su viaje perfumado por las calles de la ciudad. Y mi florista preferida seguía siendo un misterio, aún hoy lo es. Pese a todos estos años, a las largas conversaciones y a los paseos por los jardines de Luxemburgo, sé muy poco de ella. ¿Habrá un joven en su vida? ¿Será la amante de un hombre casado? Ni idea.

Alexandrine es como aquel cactus fascinante que tenía mamá Odette, de una suavidad engañosa y terriblemente punzante.

Poco a poco, aprendí a vivir sin usted. Así debía ser. ¿No es eso lo que hacen las viudas? Era otra vida. Me esforzaba por mostrarme valiente. Creo que lo he sido. El padre Levasque estaba atareadísimo con las obras de restauración de la iglesia, bajo la férula de uno de los arquitectos del prefecto (el señor Baltard, el que ahora está construyendo el nuevo mercado del que ya le he hablado), y no tenía tiempo de pasear conmigo por los jardines de Luxemburgo. Me las tuve que arreglar con la ayuda de mis nuevos amigos. Alexandrine me encontró una ocupación: me enviaba a entregar flores con Blaise. Los dos formábamos una simpática pareja. Desde la calle Abbaye hasta la de Four, todo el mundo nos saludaba, a él con la carretilla detrás y a mí con las flores en los brazos.

Lo que más nos gustaba era llevar las rosas a la baronesa de Vresse. Alexandrine pasaba la mayor parte de la mañana eligiéndolas. Aquello le llevaba mucho tiempo. Tenían que ser las más refinadas, las más hermosas y las más perfumadas. *Adèle Heu* rosas, *Aimée Vibert* blancas, *Adélaïde d'Orléans* con librea marfil o la *Amadis* de color rojo oscuro. Las envolvía con mucho cuidado en un papel fino y las metía en cajas; entonces, nosotros teníamos que darnos prisa en llevarlas.

La baronesa de Vresse vivía en una magnífica casa en la esquina de la calle Taranne con la calle Dragon. El mayordomo, Célestin, nos abría la puerta. Tenía una cara seria y una fea verruga peluda a un lado de la nariz. Ese hombre se dedicaba en cuerpo y alma a la baronesa. Había que subir una escalera enorme de piedra, lo que era un fastidio. Mientras yo tenía mucho cuidado para no resbalar en las losas, Blaise se peleaba con la carretilla. La baronesa jamás nos hizo esperar. Le daba un pequeño coscorrón a Blaise en la cabeza, le deslizaba unas monedas y lo mandaba de vuelta a la tienda, mientras yo me quedaba con ella. La miraba ocuparse de las flores. Ninguna otra persona tenía permiso para encargarse de sus rosas. Nos sentábamos en un gran salón muy luminoso, su antro, lo llamaba ella. Era de deliciosa sencillez. Ahí no había tapicería de color púrpura, ni dorados, ni candelabros resplandecientes. Las paredes de color magenta pálido estaban decoradas con dibujos infantiles, las alfombras eran blancas y mullidas y los doseles estaban revestidos de tela de Jouy. Cualquiera habría pensado que estaba en una casa de campo. A la baronesa le gustaba disponer sus rosas en unos jarrones grandes y estrechos, al menos necesitaba tres ramos para cada uno. De vez en cuando, su marido, un hombre ágil y altivo, aparecía por allí con aspecto preocupado y casi ni se fijaba en mi presencia, pero no tenía nada de desagradable.

Yo podía pasar horas allí, saboreando ese ambiente delicadamente femenino. Quizá se pregunte de qué hablábamos. De sus hijas, unas niñas encantadoras a las que, de vez en cuando, veía con la niñera. De su vida social, que me fascinaba: el baile de Mabille, la ópera, los teatros. Y charlábamos mucho de libros, porque, igual que usted, ella era una gran lectora. Había leído *Madame Bovary* de un tirón, para desesperación de su marido, que no consiguió arrancarla de la novela. Le confesé que yo leía desde hacía poco tiempo, que descubrí esa pasión gracias al señor Zamaretti, el de la librería de al lado de la tienda de Alexandrine. Me aconsejó a Alphonse Daudet y a Victor Hugo; la escuchaba describir sus novelas cautivada.

«¡Qué diferentes son nuestras vidas!», pensaba yo. Ella lo tenía todo: belleza, inteligencia, educación, un brillante matrimonio. Sin embargo, adivinaba como una tristeza tangible en Louise de Vresse. Era mucho más joven que yo, que Violette y que Alexandrine, pero mostraba una rara madurez para una persona de su edad. Mientras admiraba su grácil silueta, me preguntaba qué secretos se esconderían debajo de esa capa de barniz. Me sorprendí queriendo confiarme a ella y esperando que me convirtiera en su confidente. Aunque sabía que eso era improbable.

Recuerdo que mantuvimos una conversación apasionante. Una mañana, estaba sentada a su lado, saboreando una taza de chocolate que me había servido Célestin. (¡Qué magnífica porcelana de Limoges con las armas de la familia de Vresse!). Ella leía el periódico junto a mí y lanzaba comentarios incisivos. Me gustaba eso de ella, su intenso interés por lo que pasaba en el mundo, su curiosidad natural. Con toda seguridad, no era en absoluto una coqueta frívola, sin cerebro. Aquel día, llevaba puesto un adorable vestido con miriñaque de color blanco perla, mangas evasé bordadas de encaje y un cuerpo de cuello alto que destacaba la esbeltez de su busto.

—¡Ay, alabado sea el Señor! —exclamó repentinamente, inclinada sobre una página.

Le pregunté qué la alegraba tanto. Me explicó que la mismísima emperatriz había intervenido para reducir considerablemente la pena al poeta Charles Baudelaire. Me preguntó si había leído *Las flores del mal*. Le respondí que el señor Zamaretti me había hablado de ese libro recientemente, me había contado que los poemas habían provocado un juicio y un escándalo, como el de *Madame Bovary*, aunque aún no lo había leído. Se levantó, fue a buscar un librito a la habitación contigua y me lo dio. Se trataba de una bonita edición de un cuero verde muy fino, con una corona de flores exóticas entrelazadas en la cubierta.

—Señora Rose, creo que le gustarán mucho estos poemas —me dijo—. Le ruego que se lleve prestado este ejemplar y lo lea. Estoy impaciente por saber qué piensa.

Así pues, regresé a casa. Después de comer, me senté a leer los poemas. Abrí el libro con desconfianza. Los únicos poemas que había leído en mi vida eran los que usted, mi amor, me escribía. Temía aburrirme ojeando esas páginas. ¿Qué le diría a la baronesa para no ofenderla?

Ahora lo sé: como lector, hay que confiar en el autor, en el poeta. Ellos saben qué hacer para sacarnos de la vida ordinaria y enviarnos a deambular por otro mundo del que ni siquiera hubiéramos sospechado su existencia. Eso es lo que hacen los autores con talento. Eso es lo que me hizo el señor Baudelaire.

Villa Marbella, Biarritz, 27 de junio de 1865

Querida señora Rose:

Muchísimas gracias por su carta, que ha tardado mucho en llegarme, ahora que estoy en el País Vasco. Paso una temporada en casa de lady Bruce, una querida amiga, una inglesa de gusto exquisito y excelente compañía. La conocí en París, de eso hace ya unos cuantos años, en una comida de señoras de la calle Saint-Honoré, en el hotel de Charost, que, quizá usted ya lo sepa, es la sede de la embajada británica. La embajadora, lady Cowley, colocó a lady Bruce junto a mí, y nos entendimos de maravilla, pese a la diferencia de edad. Supongo que puede decirse que es lo bastante mayor como para ser mi abuela, sin embargo, lady Bruce no tiene nada de anciana, es de una sorprendente vitalidad. El caso es que he recibido su carta al fin y me siento feliz de leerla y de tener noticias suyas. ¡También estoy encantada de ver cuánto le ha gustado Charles Baudelaire! (Mi marido no se puede imaginar por qué me apasionan sus versos, y me siento increíblemente aliviada de encontrar en usted a una cómplice).

¡Ay, qué alegría dejar la calle Taranne y ese París polvoriento y ruidoso! Sin embargo, echo terriblemente en falta a mi florista preferida (además de su preciosa compañía). No he encontrado en ninguna parte de esta ciudad a nadie que me sirva unas flores tan divinas, ni capaz de crear unos peinados tan hermosos, y eso pese a la luminosa presencia de la reina Isabel II de España y de la mismísima emperatriz. Aunque he de decirle, señora Rose, que Biarritz es quizá aún más elegante y esplendorosa que la capital.

Nuestra estancia aquí es un torbellino de bailes, fuegos artificiales, excursiones y meriendas campestres. No me disgustaría arrellanarme en un sofá con un vestido sencillo y un libro, pero lady Bruce y mi esposo me lo impedirían. (¿Sabe?, lady Bruce puede mostrarse terrible cuando no consigue lo que quiere. Es una mujer pequeñita, la mitad de alta que usted, y, sin embargo, ejerce sobre nosotros un poder incontestable. Tal vez

sea por esos ojos gris pálido y esa boca fina con un ges-
to arisco y encantador a la vez. Incluso sus andares, con
unas minúsculas zapatillas, son la encarnación de la
autoridad).

Tengo que hablarle de su casa, Villa Marbella. Es-
toy segura de que le encantaría. Es absolutamente es-
pléndida. Imagine una fantasía morisca de mármol y
cerámica, con mosaicos directamente salidos de Las mil
y una noches. *Imagine unas arcadas graciosas, fuentes*
que canturrean, estanques en los que se refleja la luz,
un patio sombreado y una cúpula de cristal salpicada
de sol. ¡Cuando una mira hacia el sur, adivina España!
Tan cerca, y las cumbres de los Pirineos, siempre en-
vueltos en nubes algodonosas. Cuando una se vuelve
hacia el norte, se ve Biarritz, los acantilados y las olas
espumosas.

Me gusta la cercanía del mar, aunque se me rice
horriblemente el pelo. Todas las noches, justo antes de
que el coche nos lleve a Villa Eugénie, tengo que alisár-
melo, una tarea enojosa, lo confieso. La emperatriz nos
espera en esa magnífica casa que el emperador mandó
construir solo para ella. (Sé que sigue muy de cerca la
moda y pienso sinceramente que le entusiasmarían los
vestidos fabulosos que se ven en esas veladas extraordi-
narias. Aunque los miriñaques parecen cada vez más
grandes y resulta cada vez menos cómodo asistir a fiestas
con tanto gentío).

Qué amable es por preocuparse de la salud de mis hijas. Pues bien, Apolline y Bérénice adoran estar aquí. Casi no les dejo acercarse al mar, porque las olas son impresionantes. (El otro día, nos enteramos de que un joven se había ahogado en Guetaria. Se lo llevó la corriente. Una tragedia).

A principios de semana, llevé a las niñas con la niñera a un evento social interesante. Era un día de tormenta y lluvioso; sin embargo, a nadie le preocupaba eso. Una gran multitud de gente se había agrupado cerca de la playa y del puerto, esperando la llegada del emperador. Justo delante del puerto y de esa agua traicionera, que atrapa en su trampa a tantos barcos, se levanta una enorme roca marrón que brota del mar agitado. En la cima de la roca, por petición del emperador, se ha colocado una gran estatua blanca de la Virgen, para proteger a todos lo que buscan en el mar su camino hacia tierra. El emperador y su esposa fueron los primeros en pasar por una larga pasarela de madera y hierro que conduce hasta la roca, envueltos en grandes aplausos. Nosotros no tardamos en seguirlos, a las pequeñas les impresionó el rugido de las olas chocando contra la plataforma rocosa. Yo levanté los ojos hacia el rostro blanco de la Virgen, que se mantenía allí frente al viento, con la mirada vuelta hacia el oeste, hacia las Américas, y me pregunté durante cuánto tiempo batallaría contra las violentas tormentas, el viento y la lluvia.

Transmita mis mejores deseos a Alexandrine y a Blaise. Estaré de regreso a finales de temporada y, hasta entonces, espero de todo corazón recibir otra carta suya.

Louise Églantine de Vresse

Otra vez he sentido el contacto de la mano helada y el aliento del intruso en mi cara; la lucha por rechazarlo, las patadas furiosas y los gestos desordenados de mis brazos, el grito ahogado cuando él aplasta la palma de la mano sucia contra mi boca. El instante terrible en que comprendo que es inútil resistirme y que obtendrá lo que busca. Solo tengo un modo de mantener a raya la pesadilla: escribirle. Estoy tan cansada, amor mío... Quiero que llegue el fin. Sé que está próximo. Y, sin embargo, todavía tengo muchas cosas que decirle. He de ordenar mis pensamientos. Me asusta pensar que solo consiga aumentar su confusión. Las fuerzas no me durarán mucho más tiempo. Soy demasiado vieja para vivir en semejantes condiciones. No obstante, sabe que no hay nada que me haga abandonar esta casa.

Ahora me siento un poco mejor. Unas cuantas horas de sueño, por pocas que hayan sido, me han devuelto la vida. Ha llegado el momento de hablarle de mi lucha contra el prefecto, de lo que emprendí. Quiero informarle de todo lo que intenté para salvar nuestra casa. El año pasado, después de recibir la carta, me fijé en que nuestros vecinos no reaccionaban de la misma manera. Únicamente la señora Paccard, el doctor Nonant y yo decidimos pelear.

El año pasado, pese al éxito de la Exposición Universal, la situación empezó a cambiar. El prefecto ya no estaba cubierto de gloria. Después de quince años de terroríficas destrucciones, aumentaba el descontento de los parisienses. Leía en la prensa los despiadados artículos del señor Picard y el señor Ferry respecto a esa cuestión, muy virulentos tanto uno como otro. Todos parecían preguntarse sobre la financiación de las mejoras y la amplitud de las obras. ¿Había hecho bien el prefecto en arrasar la isla de la Cité y en llevar a cabo destrucciones tan masivas en el Barrio Latino? ¿Cómo se financió todo eso? A continuación, ¡fíjese!, en medio de esa tormenta, el prefecto dio dos pasos en falso que, según creo, le costaron todo su honor. El futuro lo dirá.

El primer error afectó a nuestro querido Luxemburgo. (Amor mío, cómo se habría exasperado. No me resulta nada difícil imaginar su reacción, delante del café matutino, si hubiera podido leer el tono desafectado del siniestro decreto en el periódico). Era un día glacial de noviembre y Germaine se ocupaba del fuego mientras yo echaba un vistazo a las noticias: recortarían diez hectáreas de los jardines de Luxemburgo para mejorar el tráfico de la calle Bonaparte y de la calle Férou y suprimirían el magnífico vivero del sur de los jardines con el mismo fin. Di un salto que sorprendió a Germaine y bajé como una exhalación a la floristería. Alexandrine esperaba una entrega importante.

—¡No me diga que está de acuerdo con el prefecto! —rugí, mientras le agitaba el periódico en las narices.

Estaba tan furiosa que casi pataleaba. Mientras Alexandrine leía el artículo, se le iba desencajando la cara. Después de todo, amaba la naturaleza fervorosamente.

—¡Ay! —exclamó—. ¡Esto es terrible!

Esa misma tarde, pese al frío, los descontentos se concentraron delante de las puertas del jardín, arriba de la calle Férou. Allí fui yo con Alexandrine y el señor Zamaretti. Pronto se congregó una auténtica multitud y enviaron a la policía para asegurar el orden público. Unos estudiantes gritaban: «¡Larga vida a los jardines de Luxemburgo!», mientras circulaban las peticiones vehementemente. Yo debí de firmar tres, con una mano enguantada y torpe. Era exultante ver a los parisienses de todas las edades, de todas las clases, reunidos para defender sus jardines. Allí estaba la señora Paccard, con el personal del hotel, y la señorita Vazembert iba con un caballero a cada brazo. De lejos vi a la adorable baronesa de Vresse y a su marido, con la niñera y las niñas tras ellos.

La calle Vaugirard se llenó de gente. ¿Cómo diantre regresaríamos a casa? Afortunadamente me sentía segura con Alexandrine y el señor Zamaretti. Allí estábamos todos unidos contra el prefecto. ¡Qué magnífica sensación! A la mañana siguiente, cuando, con su equipo, escrutara los periódicos buscando su nombre, porque, según se decía, era su primera tarea del día, oiría hablar de nosotros. Oiría hablar de nosotros cuando empezaran a amontonarse las peticiones sobre su mesa. ¿Cómo se atrevía a recortar nuestro jardín? A todos nos unían lazos personales con ese lugar, con el palacio, las fuentes, el gran estanque, las estatuas, los macizos de flores. Ese apacible jardín era el símbolo de nuestra infancia, de nuestros recuerdos. Habíamos tolerado durante demasiado tiempo la ambición devoradora del prefecto. En esta ocasión, nos levantaríamos contra él. No le dejaríamos que tocase los jardines de Luxemburgo.

Varios días después, todos volvimos a congregarnos, cada vez éramos más. Las peticiones se multiplicaban y los artículos en los periódicos eran muy críticos con el prefecto. Unos estudiantes organizaron una revuelta, el propio emperador tuvo que enfrentarse a la multitud, cuando estaba a punto de asistir a una obra de teatro en el Odéon. Yo no estaba presente, pero me lo contó Alexandrine. Me informó de que el emperador parecía molesto. Se detuvo un momento en los escalones, embutido en el abrigo. Había escuchado lo que se decía y asintió con aspecto serio.

Unas semanas más tarde, Alexandrine y yo leímos que se había enmendado el decreto, porque el emperador había ordenado revisar los planes al prefecto. Estábamos locas de alegría. Desgraciadamente, la felicidad duró poco. Efectivamente, se recortarían los jardines, aunque no de la manera tan dramática en que estaba previsto. El vivero quedaba desahuciado. Fue una victoria decepcionante. Luego, mientras se calmaba el asunto de Luxemburgo, otro, aún más repugnante, veía la luz. Me esfuerzo por encontrar las palabras justas para hacerle partícipe.

Lo crea o no, la muerte obsesionaba al prefecto. Estaba convencido de que el polvo que emanaba de la putrefacción de los cadáveres en los cementerios parisienses contaminaba el agua. Por cuestiones sanitarias, el prefecto planeaba clausurar los cementerios que se encontraban dentro de la muralla de la ciudad. A partir de entonces, habría que llevar a los muertos hasta Méry-sur-Oise, cerca de Pontoise, a treinta kilómetros de allí, a un cementerio inmenso, una necrópolis moderna. El prefecto había proyectado unos trenes mortuorios que saldrían de todas las estaciones parisienses. Las familias ocuparían las plazas con el ataúd del difunto, al que se sepultaría en Méry. Era algo tan repugnante de leer que, en un primer momento, no pude ni bajar para enseñar el periódico a Alexandrine. Pensaba en ustedes, en mis seres queridos, usted, Baptiste y mamá Odette. Me veía subida en un lúgubre tren con un crespón negro, lleno de personas enlutadas, enterradores y sacerdotes para poder visitar sus tumbas. Creí deshacerme en lágrimas. Pienso que lo hice. Para ser sincera, no tuve que enseñarle el artículo a Alexandrine. Ya lo había leído y pensaba que el prefecto acertaba. Ella tenía fe en la modernización completa de la red de distribución de agua, y le parecía que resultaba sano enterrar a los muertos fuera de los límites de la ciudad. Yo estaba demasiado apenada para contradecirla. «¿Dónde estarán sus muertos? —me pregunté—. Seguramente, en París, no».

La mayoría de la gente estaba tan escandalizada como yo. Y su descontento fue mayor cuando el prefecto anunció que el cementerio de Montmartre sufriría cambios: habría que trasladar decenas de sepulturas para levantar los pilares de un puente nuevo que atravesaría la loma. La polémica se infló. Los periódicos sacaron buen provecho de aquello. Los adversarios del prefecto dieron rienda suelta al veneno. El señor Fournel y el señor Veuillot escribieron unos panfletos brillantes, mordaces, usted los habría admirado. Después de haber obligado a miles de parisienses a mudarse y de haber destruido sus casas, ahora quería deportar a sus muertos. ¡Sacrilegio! Todo París se indignaba. Se olía que el prefecto se había aventurado por terreno peligroso.

El tiro de gracia le llegó con la publicación de un artículo conmovedor, en *Le Figaro*, que hizo que se me saltasen las lágrimas. Una tal señora Audouard (una de esas damas que escriben con valentía, no como la condesa de Ségur y sus amables cuentos para niños) tenía un hijo enterrado en Montmartre. Ambas sentíamos la misma pena muda. Armand, sus palabras se quedaron grabadas en mi corazón para siempre: «Señor prefecto, todas las naciones, incluso aquellas que nosotros calificamos de bárbaras, respetan a los muertos».

El emperador no respaldó al prefecto. Ante una oposición tan feroz, al cabo de unos meses, abandonaron el proyecto. Por primera vez, el prefecto había sido el objetivo. En fin.

Sens, 23 de octubre de 1868

Mi queridísima señora Rose:

*Jamás le agradeceré lo bastante su inestimable
apoyo. Usted es la única persona en el mundo que de
verdad comprende el trastorno y la desesperación que
sufrí cuando tuve que aceptar que destruirían mi hotel. El hotel era como una parte de mí. Me he entre-
gado en cuerpo y alma a ese edificio, igual que lo hizo
mi muy amado esposo cuando aún estaba en este mundo. Recuerdo la primera vez que puse los ojos en el
hotel. No era sino una forma oscura y triste escondida cerca de la iglesia. Hacía años que nadie había*

vivido allí, estaba infestado de ratones y apestaba a humedad.

Gaston, mi marido, vio de inmediato lo que podríamos hacer con él. Tenía buen ojo, como se dice. En ocasiones, las casas son tímidas, no desvelan fácilmente su personalidad. Hizo falta que pasara tiempo para que considerásemos esa casa como la nuestra, y todos los momentos que pasé entre sus paredes fueron de alegría.

Desde el principio supe que quería un hotel. Sabía el trabajo sin descanso que esa actividad exigía; sin embargo, eso no me disuadió, tampoco a Gaston. Cuando por primera vez colgaron el letrero en el balcón de la primera planta, me extasié de felicidad y de orgullo. Usted bien lo sabe, el hotel exhibía casi siempre el cartel de completo. Era el único establecimiento aceptable del barrio y, una vez se desató el boca a boca, jamás nos han faltado los clientes.

Señora Rose, cuánto echo de menos a mis clientes, su parloteo, su fidelidad, sus caprichos. Incluso a los más excéntricos. Incluso a esos señores respetables que llevaban a señoritas jóvenes para unos rápidos revolcones mientras yo hacía la vista gorda. ¿Recuerda a los señores Roche, que venían todos los meses de junio para su aniversario de boda? ¿Y a la señorita Brunerie, aquella solterona que siempre reservaba la habitación de la última planta, la que daba al tejado de la iglesia? Decía que así se sentía más cerca de Dios. A veces, me sorprende que un lugar tan protector pueda ser borrado de la superficie terrestre con tanta facilidad.

Decidí marcharme antes de que demolieran la calle Childebert. Ahora le escribo desde la casa de mi hermana, en Sens, donde me esfuerzo por abrir una pensión familiar, sin demasiado éxito. No he olvidado cómo luchamos, sobre todo usted, el doctor Nonant y yo. El resto de los habitantes de la calle parece que aceptaron su suerte sin mayor dificultad. Quizá tuvieran menos que perder. Tal vez estaban impacientes por comenzar una nueva vida en otra parte. De vez en cuando me pregunto qué habrá sido de ellos.

Sé que, probablemente, no volveremos a ver nunca a nuestros vecinos. Qué idea tan curiosa, nosotros que nos saludábamos unos a otros todas las mañanas de nuestras vidas. Todos esos rostros familiares, los edificios, las tiendas. El señor Jubert reprendiendo a su equipo; el señor Horace con la nariz ya colorada a las nueve de la mañana; la señora Godfin y la señorita Vazembert en el trabajo, discutiendo como dos gallinas; el señor Bougrelle parloteando con el señor Zamaretti; y el rico y maravilloso olor a chocolate que nos llegaba de la tienda del señor Monthier. He vivido tantos años en la calle Childebert, cuarenta, quizá, no, cuarenta y cinco, que no puedo admitir que ya no exista. Me niego a poner los ojos en el bulevar moderno que se la ha tragado.

¿Ha decidido instalarse en casa de su hija, señora Rose? Se lo ruego, deme noticias de vez en cuando. Si

tuviera ganas de venir a verme a Sens, hágamelo saber.
Es una ciudad muy agradable. Un bienvenido reposo
tras el trabajo, el polvo y el ruido sin fin de París. Mis
clientes siguen escribiéndome para decirme cuánto echan
de menos el hotel, lo que me supone un gran consuelo.
Sabe cómo los mimaba. Las habitaciones estaban impe-
cables, decoradas con sencillez y buen gusto, y la señori-
ta Alexandrine nos llevaba flores frescas todos los días,
por no mencionar los bombones del señor Monthier.

Cuánto añoro estar en la recepción recibiendo a los
clientes. ¡Y qué clientela internacional! Creí que perde-
ría la cabeza ante la idea de cerrar en plena Exposición
Universal. ¡Qué espanto tener que aceptar la destrucción
de tantos años de trabajo!

Me acuerdo de usted, señora Rose, a menudo: de su
gracia y amabilidad con nuestro vecindario; de su gran
valor cuando murió su esposo. El señor Bazelet era un
auténtico caballero. Sé que no habría podido soportar
que destruyeran su querida casa. Aún les veo a los dos
caminando por la calle, antes de que la enfermedad lo
debilitara. ¡Qué pareja tan encantadora! Y, ¡ay, Señor
misericordioso!, me acuerdo del niño. Señora Rose, nadie
lo olvidará jamás. Dios lo bendiga y a usted también.
Espero que se sienta feliz con su hija. Quizá esta prueba
las una al fin. Reciba toda mi amistad y mis oraciones, y
espero que volvamos a vernos.

Micheline Paccard

Los libros están aquí abajo, conmigo. Son bonitos, magníficamente encuadernados en tonos diferentes. Jamás me separaría de ellos: *Madame Bovary*, por supuesto, el que me abrió la puerta al mundo hechicero de la lectura; *Las flores del mal*, lo leo de vez en cuando. Me deleito leyendo uno o dos poemas y dejo otros para más tarde, como si fueran una golosina que se mordisquea si llega el caso. Eso es lo más fascinante de los poemas en comparación con las novelas. Los poemas del señor Baudelaire rebosan imágenes, sonidos y colores. Son extraños, obsesivos y a veces perturbadores.

¿Le habrían gustado? Creo que sí. Juegan con los nervios, con los sentidos. Mi preferido es «El frasco», en él los olores contienen recuerdos y el perfume resucita el pasado. Sé que el aroma de las rosas me recordará siempre a Alexandrine y a la baronesa de Vresse; el agua de colonia y el talco a usted, amor mío; la leche caliente y la miel, pues a Baptiste; la hierba luisa y la lavanda a mamá Odette. Si usted hubiera estado aquí, le habría leído ese poema una y otra vez.

Frecuentemente, la lectura de un libro me arrastra hacia otro. ¿Conoció semejante experiencia? Estoy segura. La descubrí muy pronto. El señor Zamaretti me permitía fisgonear entre los estantes. Incluso alguna vez subí a la escalera para llegar a las baldas más altas. ¿Sabe, Armand?, me animaba un hambre nueva; algunos días, era realmente voraz. La necesidad de leer se apoderaba de mí y ejercía su deliciosa y embriagadora influencia. Cuanto más leía, más hambre tenía. Cada obra era rica en promesas, cada página que pasaba era una aventura, la atracción de otro mundo. ¿Y qué leía?, se preguntará.

Charles Baudelaire me guio hasta un autor, creo que americano, un tal Edgar Allan Poe. El hecho de que el propio Baudelaire hubiese traducido sus relatos otorgaba al caso un encanto añadido. Cuando, el año pasado, murió mi poeta favorito, leí que lo habían enterrado en nuestro cementerio familiar, en Montparnasse. El lugar del descanso eterno de Charles Baudelaire solo está a unas calles de usted, de Baptiste y de mamá Odette. La última temporada, me sentía demasiado cansada para recorrer todo el camino hasta allí; sin embargo, la última vez que fui, pasé por su tumba. Había una carta encima de la sepultura. Había llovido y la tinta se había extendido por el papel como una gran flor negra.

En las historias del señor Poe, encuentro los mismos temas poderosos y obsesivos del señor Baudelaire, que me emocionan profundamente. Llegué a comprender con una claridad sorprendente por qué el poeta había decidido traducir sus obras. Ofrecen la misma perspectiva, la misma visión de las cosas. Sí, son macabras, llenas de misterio, el fruto de una imaginación exuberante. ¿Le dejan perplejo los gustos literarios de su querida Rose? El relato que más me gusta es *El hundimiento de la casa Usher*. Se desarrolla en una siniestra casa solariega cubierta de hiedra que domina un estanque oscuro y silencioso. Al narrador lo llama un viejo amigo que padece una enfermedad sin nombre y necesita su ayuda. Únicamente puedo describirle la emoción que me transportó cuando lo leí por primera vez. Un escalofrío me recorrió el espinazo. Qué ambiente maléfico, de miedo, en el que las fuerzas de otro mundo abren el paso a una condena. De vez en cuando, tenía que detenerme para recuperar el aliento, incluso llegué a sentir que no podría continuar con la lectura, que me vencería. Me quedaba sin respiración. Aunque, rápidamente, volvía a sumergirme en las páginas, nada ni nadie habría podido apartarme del abominable secreto de Roderick Usher, de la

aparición espectral de Madeline con el vestido manchado de sangre ni del hundimiento de la casa en el estanque.
El señor Poe es un maestro del misterio.

Esta mañana se han reanudado los ruidos. Ahora ya no debería tardar mucho. No tengo demasiado tiempo por delante, también yo reanudaré mi relato. Me faltan tantas cosas que decirle… Hace seis meses, la señora Paccard, el doctor Nonant y yo decidimos ir al ayuntamiento para protestar contra la destrucción de nuestra calle. De las muchas cartas que enviamos, solo recibimos respuestas de funcionarios que, como puede figurarse, se limitaron a repetir que la decisión era irrevocable, pero que podía negociarse la cantidad de dinero que se nos concedía. Ahora bien, a nosotros no nos interesaba el dinero, solo queríamos conservar nuestras paredes.

Así pues, imagínenos aquel día de junio, completamente decididos. La señora Paccard con el moño tembloroso, el doctor Nonant con la cara seria y las patillas, y a su Rose con su abrigo más bonito, el de seda color burdeos, y un sombrero con velo. Cruzamos el río una mañana calurosa y límpida; como siempre, me impresionó el imponente edificio de estilo renacentista que nos esperaba al otro lado del puente. Los nervios me hacían un nudo en el estómago y la cabeza casi me daba vueltas cuando nos acercábamos a la inmensa fachada de piedra. ¿No éramos unos insensatos al creer que nos recibiría el hombre en persona, aunque solo fuera un instante? Me aliviaba no estar sola, tener a mis dos compañeros junto a mí. Parecían mucho más seguros que yo.

En el enorme vestíbulo, me fijé en una fuente que canturreaba debajo de las curvas de una escalera muy ancha. La gente, en grupitos, iba y venía por aquella sala gigantesca, impresionada por los ornamentos del techo y la grandeza del lugar. De modo que allí era donde vivía y trabajaba ese hombre, al que prefiero no nombrar. Él y su familia (su esposa Octavie, que se parece a una musaraña y a la que, según se dice, le repugnan los acontecimientos sociales, y sus dos hijas, Henriette y Valentine, sonrosadas, de formas generosas y cabellos dorados, arregladas como unas vacas de concurso) dormían bajo ese techo monumental, en algún lugar dentro de los recovecos laberínticos de ese grandioso edificio.

Gracias a los periódicos, sabíamos todo sobre las fiestas suntuosas, llenas de dispendio, que se celebraban allí, con una pompa digna del mismísimo Rey Sol. La baronesa de Vresse había asistido a la fiesta organizada en honor del zar y el rey de Prusia un año antes, con tres orquestas y un millar de invitados. La baronesa también había acudido a la recepción en honor de Francisco José de Austria, que tuvo lugar el pasado mes de octubre, en la que trescientos lacayos sirvieron a los cuatrocientos invitados. Me describió la cena de siete platos, la abundancia de flores, la cristalería y la porcelana fina, los cincuenta candelabros gigantes. La emperatriz llevaba un vestido de tafetán bordado con rubíes y diamantes. (Alexandrine se quedó con la boca abierta mientras yo me encerraba en un silencio de tumba). Todos los parisienses habían oído hablar de la bodega de vinos del prefecto, la más hermosa de la ciudad. Todos sabían que si se pasaba por la calle Rivoli a primera hora de la mañana, podía verse una lámpara encendida en una ventana del ayuntamiento, la del prefecto, que se esforzaba con la única ambición de desplegar su ejército de picos por nuestra ciudad.

No teníamos cita con un interlocutor en concreto y nos enviaron a la Oficina de Bienes Inmuebles y Expropiaciones, en la primera planta. Allí nos recibió el desalentador espectáculo de una larga fila de espera y nos pusimos a la cola. Yo me pregunté quiénes serían todas esas personas y qué querrían reclamar. La señora que estaba junto a mí era de mi edad, tenía una cara cansada y la ropa hecha harapos, pero en los dedos llevaba unos finos y preciosos anillos. A su lado había un hombre barbudo, de aspecto firme e impaciente, que daba golpecitos con el pie y miraba el reloj cada diez minutos. También había una familia, dos padres jóvenes, muy decentes, con un bebé nervioso y una niña cansada.

Todo el mundo esperaba. De vez en cuando se abría una puerta y salía un funcionario para apuntar los nombres de los recién llegados. Tuve la sensación de que aquello duraría eternamente. Cuando, al fin, nos tocó el turno, no se nos autorizó a pasar juntos, sino de uno en uno. ¡Así no era de extrañar que aquello llevara tanto tiempo! Dejamos que pasara primero la señora Paccard.

Se desgranaron los minutos. Cuado salió al fin, tenía la cara como hundida. Murmuró algo que no entendí y se desplomó en una silla, con la cabeza entre las manos. El doctor Nonant y yo la miramos con preocupación. Me invadió el nerviosismo un poco más. Dejé que el doctor entrara antes que yo, porque necesitaba desentumecer las piernas. En aquella sala reinaba un ambiente sofocante y húmedo, donde se desbordaban los olores y el miedo de los demás.

Salí a un pasillo enorme y anduve de arriba abajo. El ayuntamiento parecía un hormiguero, bullía de actividad. Todo sucedía allí, ¿lo entiende? Allí había nacido la lenta destrucción de nuestra ciudad. Todos aquellos hombres atareados, que pasaban apresurados de aquí para allá, con papeles e informes en las manos, tenían relación con las obras. ¿Cuál de ellos habría decidido que el bulevar pasara justo al lado de la iglesia?, ¿quién habría dibujado el plano, habría trazado la primera línea fatal?

Todos habíamos leído artículos sobre el formidable equipo del prefecto y conocíamos sus caras, a cada uno le correspondió su porción de fama. Lo mejor de la élite intelectual de nuestro país, los ingenieros más brillantes con las titulaciones de mayor prestigio, del Politécnico, de Caminos, Canales y Puertos. El señor Victor Baltard, «el hombre de hierro», padre del gigantesco mercado del que ya le he hablado. El señor Jean-Charles Alphand, «el jardinero», famoso por haber regalado unos pulmones nuevos a nuestra ciudad. El señor Eugène Belgrado, «el hombre del agua», obsesionado con el alcantarillado. El señor Gabriel Davioud concibió los dos teatros de la plaza Châtelet, aunque también la desafortunada fuente, de excesivas dimensiones, de Saint-Michel. Cada uno de esos señores había desempeñado una función grandiosa, a todos les había salpicado la gloria.

Y, por supuesto, el emperador vigilaba todo desde los remansos dorados de sus palacios, lejos de los escombros, del polvo y de la tragedia.

Cuando me llamaron al fin, me vi sentada frente a un joven encantador que habría podido ser mi nieto. Tenía el pelo largo y ondulado, del que parecía estar muy orgulloso, llevaba un traje negro inmaculado a la última moda y unos zapatos resplandecientes. Tenía la cara lisa y una tez tan delicada como la de una jovencita. Sobre la mesa se amontonaban pilas de expedientes y carpetas. A su espalda, un señor mayor con gafas garabateaba, absorto en su trabajo. Entrecerrando los ojos, el joven me dirigió una mirada hastiada y arrogante. Encendió un purito y lo fumaba dándose importancia, luego me invitó a formular la reclamación. Le respondí con tranquilidad que me oponía firmemente a la destrucción de mi casa familiar. Me preguntó mi nombre y dirección, abrió un enorme libro de registro y pasó el dedo por unas cuantas páginas. Luego masculló:

—Cadoux, Rose, viuda de Armand Bazelet, calle Childebert, número 6.

—Sí, señor —dije—, esa soy yo.

—Supongo que no está de acuerdo con la cantidad que le ofrece la prefectura.

Lo dijo con un hartazgo teñido de indolencia despectiva, mientras se miraba las uñas. «¿Qué edad tendrá este golfo? —pensé, a punto de estallar en la silla—. Sin duda tiene la cabeza en otros asuntos más agradables, una comida con una joven o una fiesta de gala. ¿Qué traje debería ponerse? ¿Le dará tiempo a rizarse el pelo antes de que se haga de noche?». Sentada frente a él, guardé silencio, con una mano apoyada en la mesa que nos separaba.

Cuando al fin levantó los ojos hacia mí, probablemente le sorprendió mi mutismo, su mirada traicionó un recelo. Sé lo que pensaba: «Otra más que me va a montar un espectáculo. Llegaré tarde a la comida». Me vi tal y como él me consideraba: una anciana respetable, bien conservada, sin duda hermosa en otra época, siglos antes, que ahora iba allí para mendigar más dinero. Lo hacían todas. A veces, lo conseguían. Así pensaba ese hombre.

—¿En qué cantidad está pensando, señora Bazelet?

—No creo que haya entendido la naturaleza de mi solicitud, señor.

Se puso rígido y frunció el ceño.

—Señora, se lo ruego, ¿podría saber cuál es esa naturaleza?

¡Ay, la ironía del tono, la burla! Habría podido abofetear esas mejillas rechonchas y lisas.

Insistí con voz clara:

—Me opongo a la destrucción de mi casa familiar.

El hombre reprimió un bostezo.

—Sí, señora, es lo que había creído entender.

—No quiero dinero —añadí.

Pareció confundido.

—Entonces, ¿qué quiere, señora?

Respiré profundamente.

—Quiero que el prefecto construya el bulevar Saint-Germain más lejos. Quiero salvar mi casa de la calle Childebert.

Se quedó boquiabierto. Luego me miró y estalló en carcajadas, un ruido horroroso, gutural. ¡Cuánto lo odié! Rio y siguió riendo; el renacuajo que le hacía las veces de asistente se unió a él, se abrió la puerta y entró una tercera persona que no tardó en desternillarse de risa cuando el joven bribón, ahogándose, le contó:

—La señora quiere que el prefecto desplace el bulevar para salvar su casa.

Cacarearon más fuerte que antes, mientras me señalaban con el dedo alegremente.

No había nada más que decir ni hacer. Me levanté tan digna como pude y salí. En la habitación contigua, el doctor Nonant se secaba la frente empapada de sudor con el pañuelo. Cuando me vio la cara, sacudió la cabeza y levantó las manos, con las palmas hacia arriba, en señal de desesperación. La señora Paccard me abrazó. Por supuesto, habían oído las risas. Todo el ayuntamiento las había oído.

Aún había más gente en la sala y el ambiente era sofocante, viciado. Nos fuimos rápidamente. Luego, de pronto, lo vimos cuando bajábamos las escaleras.

El prefecto. Nos dominaba a todos, estaba tan cerca de nosotros que nos quedamos paralizados, sin aliento. Yo ya lo había visto, pero nunca tan cerca. Ahí estaba, al alcance de la mano. Podía distinguir los poros de su piel, ligeramente pecosa, la tez rojiza, la barba poblada y rizada, la mirada azul de hielo. Era ancho, algo gordo y tenía unas manos enormes.

Nos apretujamos contra la barandilla para que pasara. Dos o tres funcionarios lo seguían, despedían un olor rancio a alcohol y tabaco. No nos vio. Tenía un aspecto decidido, implacable. Ardía en deseos de estirar la mano y agarrarle el puño grueso, para obligarlo a que me mirara, y liberar mi odio, mi miedo, mi angustia; de gritarle que, al destruir mi casa, reducía a cenizas mis recuerdos y mi vida. Sin embargo, mi mano permaneció colgada junto a mí y él se fue.

Los tres salimos en silencio. Habíamos perdido la batalla. Ninguno de nosotros se había atrevido a dirigirse al prefecto. Ya no había nada que hacer. La calle Childebert estaba condenada. El doctor perdería a sus pacientes, la señora Paccard el hotel y yo nuestra casa. No nos quedaban esperanzas. Era el final.

Fuera, el aire era suave, casi demasiado caluroso. Cuando empezamos a cruzar el puente, me ajusté el sombrero en la cabeza. No vi nada de la actividad del río, ni las chalanas, ni los barcos deslizándose en uno u otro sentido. Tampoco presté atención al tráfico que nos rodeaba, ni a los ómnibus abarrotados, ni a las calesas presurosas. Aún me resonaban las risas insultantes en los oídos y me ardían las mejillas.

Querido, cuando regresé a casa, estaba tan fuera de mí que me senté en el escritorio y escribí una carta muy larga al prefecto. Mandé a Germaine que la llevara a correos para enviarla de inmediato. No tengo ni idea de si la ha leído; sin embargo, escribirla me alivió un poco del peso que llevaba en el pecho. Lo recuerdo perfectamente. Después de todo, no hace tanto tiempo.

Junio de 1868

Muy señor mío:

No me cabe duda de que no leerá esta carta. No obstante, quizá mi carta desemboque en sus manos. Por muy pequeña que sea, es una posibilidad a la que me aferro.

No me conoce y nunca me conocerá. Me llamo Rose Bazelet, Cadoux de soltera, y resido en la calle Childebert, que está a punto de quedar arrasada para que continúen las obras de apertura de la calle Rennes y del bulevar Saint-Germain.

Llevo quince años soportándolo. He soportado las obras, su avidez, su terquedad. He soportado el polvo, las incomodidades, los torrentes de barro, los escombros, las destrucciones y el advenimiento de un París estruendoso y de mal gusto, que encarna la vulgaridad de sus ambiciones perfectamente. He soportado el recorte de los jardines de Luxemburgo. Ahora ya estoy harta.

Señor, hoy mismo he acudido al ayuntamiento, como muchos otros parisienses en mi situación, para protestar contra la demolición de mi vivienda familiar. No quiero darle cuenta de la arrogancia con la que se me ha recibido.

¿Es usted consciente, señor, de que en esta ciudad hay ciudadanos que no aprueban sus actuaciones? ¿Sabe que lo llaman «el Atila de la línea recta», «el barón destripador»? Tal vez esos apodos lo hagan reír. Quizá el emperador y usted mismo hayan decidido no preocuparse por lo que la población piensa respecto a sus obras de mejora. Miles de casas han quedado destruidas. Miles de personas se han visto obligadas a mudarse, a hacer las maletas. Por supuesto, esos disgustos no significan nada para usted, que vive cómodamente en la magnificencia protectora del ayuntamiento. Está convencido de que el hogar de una familia se resume en una cantidad de dinero. Para usted una casa es únicamente una casa. Ya solo su nombre resulta irónico. ¿Cómo es posible que se llame Haussmann? ¿No significa en alemán «el hombre de la casa»? Leí que, cuando contrató las obras de la prolongación del bulevar que lleva su nombre, no dudó en derribar la casa donde nació. Eso es revelador.

Me llena de felicidad saber que se incrementa el número de sus enemigos, sobre todo a partir del deplorable asunto de los cementerios. Ahora la gente se pregunta cómo influirá en el futuro la remodelación completa de nuestra capital. Esas transformaciones irrevocables han conmocionado comunidades, barrios, familias y aniquilaron hasta los recuerdos. Ha enviado a los ciudadanos con menos recursos a vivir fuera de las murallas de la ciudad, porque ya no pueden pagar el alquiler en esos edificios nuevos. Esté seguro de que todo esto afectará a los parisienses durante muchos años.

Los estragos ya están aquí. Yo he dejado de pasear por las calles de mi ciudad, señor, porque me resulta ajena.

Nací hace casi sesenta años, igual que usted. Cuando lo nombraron prefecto, fui testigo del balbuceo de las transformaciones, del entusiasmo y de la llamada a la modernidad que estaba en boca de todos. Fui a conocer la prolongación de la calle Rivoli, he visto abrirse el bulevar Sébastopol, que convirtió en ruinas la casa de mi hermano, el bulevar del Prince Eugène, el bulevar Magenta, la calle Lafayette, la calle Réaumur, la calle Rennes y el bulevar Saint-Germain... Ya no estaré aquí para ser testigo de la continuación de sus obras, lo cual me alivia enormemente.

Solo quiero hacerle un último comentario: ¿no les ha sobrepasado, lisa y llanamente, la grandilocuencia del proyecto, tanto al emperador como a usted?

Pareciera que la barbaridad de sus respectivas ambiciones les haya llevado a concebir París no solo como la capital de Francia, sino como la del mundo entero.

Señor, no abdicaré frente a usted. No abdicaré frente al emperador. No me echarán como a esos corderos de parisienses cuya existencia han desmantelado. Yo resistiré, señor.

En el nombre de mi difunto marido, Armand Bazelet, que nació, vivió, amó y murió en nuestra casa de la calle Childebert, no me rendiré jamás.

Rose Bazelet

En plena noche, abajo, en la bodega, he sentido una presencia cerca de mí y he estado a punto de desvanecerme. Muy asustada, creí que era el intruso y que nadie me oiría gritar nunca. Pensé que había llegado mi última hora. Entonces me debatí con las cerillas para encender la vela.

Con voz temblorosa, dije:

—¿Quién anda ahí?

Una mano cálida encontró la mía. Para mi gran alivio, era Alexandrine. Había entrado en casa con su antigua llave, había bajado las escaleras en la oscuridad hasta llegar a donde estaba yo. Al fin había deducido que me escondía aquí. Le supliqué que no revelara mi presencia a nadie. Siguió mirándome fijamente a la luz vacilante de la vela. Parecía muy nerviosa.

—Señora Rose, ¿ha estado aquí todo este tiempo?

Le aseguré que me había ayudado Gilbert, mi amigo trapero. Él me compraba todos los días comida, agua y carbón, todo marchaba bien pese al frío glacial que había invadido la ciudad. Balbuceando de emoción, gritó:

—¡Pero no puede quedarse aquí, señora Rose! ¡Dentro de veinticuatro horas tirarán la casa! Sería una locura quedarse, va a…

Me miró fijamente a los ojos, sus ojos de color caramelo brillaban inteligentes, y yo le mantuve la mirada con tranquilidad. Era como si buscase una respuesta dentro de mí y, sin decir ni una palabra, le di esa respuesta. Se echó a llorar. La abracé y estuvimos así un buen rato, hasta que se apaciguaron sus sollozos aunque solo fuera un poco. Cuando se repuso, simplemente murmuró:

—¿Por qué?

Me agobió la inmensidad de la pregunta. ¿Cómo podría explicarle? ¿Por dónde empezar? El silencio, frío y crudo, nos envolvió. Tuve la sensación de haber vivido aquí toda mi vida, de que nunca volvería a ver la luz del día. ¿Qué hora era? Poco importaba. La noche se había paralizado. El olor a cerrado de la bodega se había insinuado hasta en el pelo y la ropa de Alexandrine.

Cuando la abracé, sentí que era mi propia hija, que estábamos hechas de la misma carne, de la misma sangre.

Compartíamos el calor y una clase de amor, supongo, un poderoso lazo afectivo me unía a ella. En ese momento me sentí más cerca de ella de lo que he estado con quienquiera que fuese en toda mi vida, incluso de usted. Le podía confiar todas mis cargas, las comprendería. Respiré profundamente. Empecé a decirle que esta casa era toda mi vida, que cada habitación relataba una historia, mi historia, la suya. Desde que usted se marchó, nunca había encontrado un modo de llenar su ausencia. Su enfermedad no debilitó mi amor por usted en absoluto, al contrario.

Nuestra historia de amor estaba escrita en la estructura interna, en la belleza pintoresca de la casa. Era mi lazo con usted para siempre. Si perdía la casa, lo perdería a usted otra vez. Yo creía que esta casa viviría eternamente, que siempre estaría ahí, insensible al paso del tiempo, a las batallas, igual que la iglesia. Pensaba que esta casa le sobreviviría a usted, y también a mí, que algún día otros niños bajarían la escalera corriendo, riendo, que otras jóvenes morenas y delgadas se arrellanarían en el sillón, cerca de la chimenea, otros señores leerían tranquilamente junto a la ventana. Cuando pensaba en el futuro, o me esforzaba en ello, siempre veía la casa, su estabilidad. Año tras año, pensé que conservaría el mismo olor familiar, las mismas fisuras en las paredes, los chirridos de los peldaños, las losas desencajadas de la cocina.

Me equivocaba. La casa estaba condenada. Y yo nunca la abandonaría. Alexandrine me escuchó muy tranquila, sin interrumpirme ni una sola vez. Perdí la noción del tiempo y mi voz continuó susurrando en la penumbra como un extraño faro que nos guiara hacia el día. Pienso que, después de un rato, Alexandrine debió de dormirse, pero yo continué de todas formas.

Cuando abrí los ojos, allí estaba Gilbert, lo oía hurgar en la planta de arriba y nos llegaba el olor a café. Alexandrine se movió y murmuró unas palabras. Le aparté con cuidado el pelo de la cara. Parecía tan joven adormilada de ese modo en mis brazos, con esa piel fresca y sonrosada... Me pregunté por qué ningún hombre habría sabido encontrar el camino hacia su corazón. Me pregunté cómo era su vida, al margen de las flores. ¿Se sentiría sola? Era una criatura tan misteriosa... Cuando se despertó al fin, me di cuenta de que le costaba recordar dónde estaba. No podía creer que hubiera dormido allí conmigo. La llevé arriba, donde Gilbert había preparado café. Alexandrine lo miró e hizo un gesto con la cabeza. Luego, cuando recordó la conversación que habíamos mantenido por la noche, se le endureció el gesto. Me cogió la mano y la apretó fuerte con una expresión implorante, ardiente. No obstante, no cedí. Sacudí la cabeza.

De pronto, se le enrojeció la cara, me agarró de los hombros y empezó a moverme violentamente.

—¡No puede hacer eso! Señora Rose, ¡no puede hacerlo!

Gritó esas palabras con las mejillas llenas de lágrimas. Intenté tranquilizarla, pero no me escuchaba. Tenía los rasgos deformados, estaba irreconocible. Gilbert dio tal salto que tiró el café por el suelo y la separó de mí sin miramientos.

—Y los que se preocupan por usted, y los que la necesitan, ¿qué? —silbó, con el pecho hinchado, forcejeando para soltarse—. ¿Qué haré yo sin usted, señora Rose? ¿Cómo puede dejarme así? ¿No comprende que su decisión es de un enorme egoísmo? Señora Rose, la necesito; la necesito como las flores necesitan la lluvia. La aprecio tanto…, ¿no se da cuenta?

Su dolor me afectó profundamente. Nunca la había visto en semejante estado. Durante diez años, Alexandrine había encarnado a la mujer dueña de sí misma, llena de autoridad. Sabía hacerse respetar, jamás nadie la había dominado. Y ahí estaba, sollozando, con la cara descompuesta de pena y tendiéndome las manos. Seguía diciendo que cómo podía hacer eso, cómo podía ser tan cruel y tener tan poco corazón, que si no había entendido que era como una madre para ella, que era su única amiga.

Yo la escuchaba, la escuchaba y también lloraba en silencio, sin atreverme a mirarla. Las lágrimas resbalaban por mis mejillas.

—Podría venir a vivir conmigo —gimió, agotada—. Yo la cuidaría y siempre estaría con usted para protegerla; sabe que lo haría, señora Rose. Nunca más estaría sola.

La voz grave de Gilbert gruñó y nos sobresaltó a las dos.

—Señorita, ya basta —soltó.

Alexandrine se volvió hacia él, furiosa. Gilbert la miró de arriba abajo, divertido, atusándose la barba negra.

—Yo cuido a la señora Rose, no está sola.

Alexandrine movió la cabeza hacia atrás con desprecio. Me hizo feliz ver que había recuperado algo de energía.

—¿Usted? —se burló.

—Sí, yo —respondió Gilbert, incorporándose todo lo alto que era.

—Pero en definitiva, señor, estará de acuerdo en que el plan de la señora Rose de quedarse dentro de la casa es una locura.

Gilbert se encogió de hombros, como hacía siempre.

—Eso le corresponde decidirlo a la señora Rose, solo a ella.

—Si es eso lo que piensa, señor, entonces creo que no compartimos los mismos sentimientos hacia la señora Rose.

Gilbert la sujetó del brazo, dominándola con aire amenazante.

—¿Qué sabrá usted de sentimientos? —escupió—. La señorita que siempre ha dormido en una cama limpia, que nunca ha pasado hambre, una señorita como Dios manda, con la graciosa nariz pegada a sus pétalos de flores. ¿Qué sabe usted del amor, del sufrimiento y de la pena? ¿Qué sabe de la vida y de la muerte? Dígamelo.

—Ay, suélteme —gimió, liberándose de la mano que la atenazaba.

Alexandrine recorrió la cocina vacía y nos dio la espalda.

Hubo un largo silencio; yo los miraba a uno y otro, a aquellas dos extrañas criaturas que habían ocupado un lugar tan importante en mi vida. No sabía nada de sus pasados, de sus secretos, y, sin embargo, me resultaban curiosamente parecidos en la soledad, en la actitud, en la vestimenta: altos, delgados, vestidos de negro, el rostro pálido, el pelo negro y enmarañado, el mismo brillo furioso en la mirada, las mismas heridas ocultas. ¿Por qué cojeaba Gilbert? ¿Por qué Alexandrine estaba sola? ¿Por qué nunca hablaba de ella? Probablemente, jamás lo sabría.

Les tendí la mano a los dos. Sus palmas estaban frías y secas en las mías.

—Se lo ruego, no discutan —dije, pausadamente—. Los dos son muy importantes para mí en estos últimos momentos.

Ambos asintieron con la cabeza sin decir ni una palabra, apartando sus ojos de los míos.

Entretanto, había despuntado un día de una blancura difusa y un frío cortante. Gilbert me cogió por sorpresa cuando me tendió el abrigo y el gorro de piel que llevé puestos la noche que fuimos a ver el barrio.

—Póngase esto, señora Rose. Y usted, señorita, vaya a buscar su abrigo. Abríguese.

—¿Adónde vamos? —pregunté.

—Aquí cerca. No tardaremos más de una hora. Hay que darse prisa. Confíe en mí. Le gustará. A usted también, señorita.

Alexandrine obedeció dócilmente. Creo que estaba demasiado cansada y triste para resistirse.

Fuera, el sol brillaba como una curiosa joya, colgado aún bajo en el cielo, casi blanco. Hacía tanto frío que sentía cómo me cortaba los pulmones con cada respiración. Mantuve la mirada baja, porque no soportaba ver otra vez la calle Childebert medio destruida. Cojeando, Gilbert nos hizo subir la calle Bonaparte apresuradamente. Estaba desierta. No vi un alma, ni siquiera un coche de punto. La luz blanquecina, el aire glacial parecía haber sofocado la vida. ¿Adónde nos llevaría? Continuamos nuestra carrera, yo sujeta del brazo de Alexandrine, que temblaba de la cabeza a los pies.

Llegamos a la orilla del río, donde asistimos a un espectáculo que nos dejó perplejas. ¿Recuerda aquel invierno implacable, justo antes de que naciera Violette, cuando fuimos a un lugar, entre el Pont des Arts y el Pont-Neuf, a ver pasar enormes bloques de hielo? En esta ocasión, el frío era tan espantoso que estaba helado todo el río. Gilbert nos llevó hasta los muelles, donde dos chalanas, atrapadas por el hielo, permanecían inmóviles. Yo titubeé, di un paso atrás, pero Gilbert me repitió que confiara en él. Lo cual hice.

Una costra gris, espesa y desigual cubría el río. Hasta donde alcanzaba la vista, en dirección hacia la isla de la Cité, la gente caminaba sobre el Sena. Un perro hacía cabriolas enloquecido, saltaba, ladraba y, de vez en cuando, se resbalaba. Gilbert me indicó que tuviera mucho cuidado. Alexandrine corría por delante, exaltada, y lanzaba gritos agudos como un niño. Llegamos al medio del río. Podía adivinar las aguas oscuras que se arremolinaban debajo del hielo. De vez en cuando, resonaba un crujido enorme que me horrorizaba. Gilbert volvió a decirme que no tuviese miedo. Me aseguró que era tal el frío que como poco habría un metro de hielo.

Cuánto le eché de menos en ese momento, Armand. Cualquiera creería que estaba en otro mundo. Veía a Alexandrine saltando con el perrito negro.

El sol subió lentamente, igual de pálido, y cada vez más parisienses acudían a las orillas del río. Los minutos parecían paralizados, a imagen de la capa de hielo bajo mis pies. El clamor de las voces y de las risas, el viento helado, cortante, el grito de las gaviotas en el aire.

Me rodeaba el brazo reconfortante de Gilbert y supe que había llegado mi hora. El fin estaba cerca y la decisión solo dependía de mí. Aún podía dar marcha atrás y abandonar la casa. Sin embargo, no tenía miedo. Gilbert me observó mientras yo guardaba silencio junto a él y sentí que leía mis pensamientos.

Recuerdo la última comida que el señor Helder nos ofreció en su restaurante de la calle Erfurth. Fueron todos los vecinos. Sí, estábamos todos: los señores Barou, Alexandrine, el señor Zamaretti, el doctor Nonant, el señor Jubert, la señora Godfin, la señorita Vazembert, la señora Paccard, el señor Horace, el señor Bougrelle y el señor Monthier. Nos sentamos a esas mesas largas que tanto le gustaban a usted, bajo los listeles con remates de bronce, cerca de la pared amarillenta por el humo. Las ventanas con cortinas de encaje se abrían a la calle Childebert y a una parte de la calle Erfurth. Comíamos muy a menudo allí. Usted tenía debilidad por el guiso de cerdo con lentejas, yo por el lomo bajo. Estaba sentada entre la señora Barou y Alexandrine y, sencillamente, no podía aceptar que en pocas semanas, en pocos meses, todo aquello habría desaparecido. Fue una comida solemne y más bien silenciosa. Incluso las bromas del señor Horace no parecían graciosas. Cuando tomábamos el postre, el señor Helder vio a Gilbert cojeando en la calle; sabía que éramos amigos, abrió la puerta y lo invitó a entrar con tono huraño. La presencia de un trapero harapiento no parecía molestar a nadie. Gilbert se sentó, inclinando la cabeza respetuosamente a cada invitado y, pese a todo, consiguió comer el merengue con cierta distinción. Sus ojos chispeando de alegría se cruzaron con los míos. ¡Ay!, no me cabe duda de que, en otra época, fue un chico seductor. Cuando terminamos de comer, mientras tomábamos café, el señor Helder soltó un discurso torpe. Quería darnos las gracias por haber sido sus clientes. Se marchaba a Corrèze, allí pensaba abrir un nuevo restaurante, con su mujer, cerca de Brive-la-Gaillarde, donde vivía su familia política. No querían quedarse en una ciudad que padecía una modernización tan radical y que, en su opinión, estaba perdiendo el alma. París se había convertido en otro París, se quejaba, y mientras le quedaran energías, prefería irse a otro sitio e iniciar una nueva vida.

Al final de aquella triste última comida en Chez Paulette, me vi en la calle con Gilbert a mi lado. Su presencia era reconfortante. Todo el vecindario había empezado a hacer el equipaje y a mudarse. Había carros y coches de punto aparcados delante de todas las casas. Los mozos de la mudanza pasarían a por mis muebles a principios de la semana siguiente. Gilbert me preguntó adónde pensaba ir. Hasta ese momento, la respuesta a esa pregunta había sido invariable: «A casa de mi hija Violette, cerca de Tours». Sin embargo, curiosamente, sentí que con ese hombre podía mostrarme tal y como era. No necesitaba mentir.

De manera que, queridísimo, ese día le declaré:

—No me voy. Jamás abandonaré mi casa.

Pareció que comprendía lo que implicaba esa decisión perfectamente. Asintió con la cabeza sin querer saber más. Lo único que añadió fue:

—Señora Rose, yo estoy aquí para ayudarla. La ayudaré por todos los medios.

Levanté la mirada hacia él y escudriñé su gesto.

—¿Y por qué?

Se contuvo unos instantes, se acarició la barba larga y enmarañada con unos dedos largos y finos.

—Señora Rose, es una persona rara y preciosa. Estos últimos años siempre me ha apoyado. La vida ha sido dura: perdí a los que más quería, todos mis bienes y mi casa. Incluso dejé de esperar. Pero cuando estoy con usted, tengo la sensación de que aún queda una chispa de esperanza, hasta en este mundo moderno que no entiendo.

Sin lugar a dudas, fue la frase más larga que pronunció en mi presencia. Me conmovió, puede imaginarlo, y me esforcé para encontrar las palabras adecuadas, que no me vinieron. Me limité a darle un golpecito en el brazo. Él asintió con una sonrisa. En sus ojos disputaban la alegría y la tristeza. Quería preguntarle por las personas que había querido tanto; sin embargo, entre él y yo lo único que contaba era la comprensión y el respeto. No necesitábamos ni preguntas ni respuestas.

Ya sabía que había encontrado a la única persona que no me la jugaría, la que jamás iría en contra de mi voluntad.

Gilbert, mientras me acompañaba a casa, me anunció que pronto se reanudarían las obras.

Caminábamos lentamente, porque había hielo en las calles. Alexandrine se había marchado cuando aún estábamos en el río. No se despidió, ni siquiera me miró una vez. La vi alejarse hacia el norte, con la espalda recta. Solo por el rígido y amenazante balanceo de los brazos, sabía lo muy enfadada que estaba. ¿Volvería? ¿Intentaría detenerme? Y, en ese caso, ¿qué haría yo?

Vimos a unos obreros en la calle Erfurth, o, mejor dicho, en lo que quedaba de ella, y Gilbert tuvo que demostrar astucia y prudencia a la vez para que consiguiéramos llegar a casa. Se fue a buscar algo de comida y yo me senté en mi escondite sin quitarme el pesado y caluroso abrigo.

Ya no me queda mucho tiempo. De manera que voy a decirle lo que debe saber. No me resulta fácil, por tanto utilizaré palabras sencillas. Perdóneme.

Nunca supe su nombre completo, todo el mundo lo llamaba señor Vincent a secas, y no estoy segura de si se trataba de su nombre o de su apellido. Seguro que no se acuerda de él, para usted resultaba insignificante. Cuando aquello ocurrió, yo tenía treinta años, mamá Odette había muerto hacía tres y Violette casi había cumplido los ocho.

Lo vi por primera vez una mañana, cerca de la fuente, cuando daba un paseo con nuestra hija. Estaba sentado con un grupo de hombres a los que no conocía. Me fijé en él solo porque me miraba. Un tipo fuerte, pecoso, con el pelo rubio muy corto y la mandíbula cuadrada. Era más joven que yo y le gustaba mirar a las mujeres, no tardé mucho en darme cuenta. Tenía algo de vulgar, quizá en la ropa o en la forma de comportarse.

Desde el principio me pareció desagradable: tenía una expresión cínica, una sonrisa artificial que le desfiguraba la cara.

—Huy, ese es un mujeriego —me había cuchicheado la señora Chanteloup con disimulo.

—¿Quién? —le pregunté para asegurarme.

—Ese joven, el señor Vincent. El nuevo que ha empezado a trabajar con el señor Jubert.

En cuanto ponía un pie en la calle, para ir al mercado, llevar a la niña a clase de piano o ir a la tumba de mamá Odette, ahí estaba él, merodeando en la puerta de la imprenta, como si estuviera esperando algo. Estoy segura de que me acechaba como un depredador, lo que me irritaba. Nunca me sentía cómoda en su presencia. Sus ojos brillantes tenían esa manera de clavarse en los míos.

¿Qué pretendía ese joven? ¿Por qué me aguardaba todas las mañanas? ¿Qué esperaba? Al principio, me molestaba tanto que huía. Cuando veía la sombra de su silueta delante del edificio, me marchaba corriendo, con la cabeza gacha, como si tuviera algo urgente que solucionar. Incluso recuerdo haberle comentado a usted lo mucho que me importunaba ese joven. Usted se rio. Le parecía halagador que aquel joven cortejase a su mujer. «Eso quiere decir que mi Rose sigue siendo joven y hermosa», me dijo, al tiempo que me daba un tierno beso en la frente. Eso no me hizo demasiada gracia. ¿No podía haberse mostrado un poco más posesivo? Me habría gustado un respingo de celos. El señor Vincent cambió de actitud cuando comprendió que no tenía ninguna intención de dirigirle la palabra. De pronto se mostró muy educado, casi deferente. Corría a ayudarme si llevaba los recados o si bajaba de un coche de punto. Se volvió de lo más agradable.

Poco a poco se disipó mi desconfianza. Su encanto surtió efecto de manera lenta pero segura. Me acostumbré a su amabilidad, a los saludos, incluso empecé a solicitarlos. ¡Ay, querido, qué frívolas somos las mujeres! ¡Qué idiotez! Ahí estaba yo, disfrutando como una tonta de las constantes atenciones de ese joven. Que un día no andaba por allí, pues me preguntaba dónde estaría. Y cuando lo veía, me ponía roja como un tomate. Sí, sabía cómo actuar con las mujeres y yo tendría que haber estado sobre aviso.

El día que aquello ocurrió, usted estaba de viaje. De algún modo, él se enteró. Usted había ido a visitar una propiedad fuera de la ciudad, con el notario, y no regresaría hasta el día siguiente. Germaine y Mariette aún no trabajaban para nosotros. Solía venir una joven, pero cuando se marchaba al final del día me quedaba sola con Violette.

Aquella noche, llamó a la puerta cuando acababa de cenar sola. Miré abajo, a la calle Childebert, con la servilleta en los labios, y lo vi allí de pie, con el sombrero en las manos. Me aparté de la ventana. ¿Qué diantre querría? Por muy encantador que se hubiera mostrado la última temporada, no bajaría a abrirle. Al fin se fue y creí estar segura. Sin embargo, alrededor de una hora más tarde, oí de nuevo llamar a la puerta. Estaba a punto de acostarme. Llevaba puesto un camisón azul y la bata. Nuestra hija dormía en la planta de arriba. La casa estaba en silencio, sumergida en la oscuridad. Bajé, no abrí pero pregunté quién estaba ahí.

—Soy yo, el señor Vincent, solo quiero hablar con usted, señora Rose, un minuto nada más. Por favor, ábrame.

Tenía la voz teñida de dulzura. Esa misma voz amable que había utilizado las semanas anteriores. Me engañó y le abrí.

Se abalanzó dentro, demasiado deprisa. Le apestaba el aliento a alcohol. Me miró como un animal salvaje mira a su presa, con los ojos brillantes. Un miedo helado se me metió hasta los huesos. Comprendí que había cometido un terrible error al dejarlo entrar. No perdió el tiempo hablando. Se abalanzó sobre mí con las manos plagadas de pecas, un gesto repugnante, ávido, y me apretó cruelmente los brazos con los dedos y el aliento ardiendo en la cara. Conseguí liberarme sollozando, logré subir las escaleras de cuatro en cuatro, un grito mudo me desgarró la garganta. Pero él era demasiado rápido. Me agarró del cuello cuando entraba en el salón, y rodamos por la alfombra; tenía sus inmundas manos en mi pecho y pasó su boca húmeda sobre la mía.

Intenté hacerlo entrar en razón, intenté decirle que aquello estaba mal, terriblemente mal, que mi hija dormía en una habitación de la planta de arriba, que usted llegaría en cualquier momento, que no podía hacer eso. No podía hacerlo.

Se burlaba. No escuchaba, le importaba muy poco. Me dominó, me aplastó contra el suelo. Me dio miedo que me rompiera los huesos con su peso. Quiero que entienda que no había nada que yo pudiera hacer. Nada.

Me defendí, luché lo más furiosamente posible. Le tiré del pelo grasoso, me retorcí, lancé patadas, le mordí, le escupí. Pero no me atrevía a gritar, porque mi hija estaba justo encima y no podía soportar la idea de verla bajar por las escaleras y que asistiera a todo aquello. Por encima de todo, quería protegerla.

Cuando comprendí que era inútil luchar, me quedé completamente quieta, como una estatua. Lloré. Lloré todo el rato, querido mío. Lloré en silencio. Él consiguió su objetivo. Me encerré en mí misma, a distancia de ese abominable instante. Recuerdo haber contemplado el techo y las ínfimas fisuras, haber esperado que cesara aquel suplicio. Podía percibir el olor polvoriento de la alfombra, y el espantoso olor, el hedor de un extraño en mi casa, en mi cuerpo. Todo pasó muy rápido, en apenas unos minutos; sin embargo, a mí me pareció que había durado un siglo. Un rictus obsceno le deformaba la cara, la boca muy abierta, las comisuras fruncidas hacia arriba. Jamás olvidaré esa monstruosa sonrisa, el brillo de sus dientes, su lengua colgando.

Se marchó sin decir ni una palabra, con una sonrisa despectiva. Luego me levanté y casi a rastras fui a nuestra habitación. Eché agua para lavarme. El agua helada me hizo pestañear. Tenía el cuerpo magullado, completamente dolorido. Me hubiera gustado acurrucarme en un rincón y gritar. Creí enloquecer. Me sentía sucia, contaminada.

La casa no era segura, alguien había entrado. Alguien la había violado. Casi podía sentir las paredes temblando. Solo había necesitado unos cuantos minutos, pero el crimen atroz se había cumplido, se había infligido la herida.

Sus ojos brillantes, sus manos ávidas. Esa noche fue cuando empezó a obsesionarme la pesadilla. Me levanté y fui a ver a nuestra hija. Seguía durmiendo, calentita y dormida. Juré que jamás hablaría de eso a nadie. Ni siquiera al padre Levasque en confesión. Ni siquiera podía evocarlo en mis más íntimas oraciones.

Por otra parte, ¿a quién habría podido hacer esa confidencia? No tenía mucha relación con mi madre, ni una hermana. Mi hija era demasiado pequeña. Y no podía decidirme a contárselo a usted. ¿Qué habría hecho? ¿Cómo habría reaccionado? Revivía la escena en mi cabeza una y otra vez. ¿Lo habría incitado yo? ¿No había permitido que me cortejase imprudentemente? ¿Sería culpa mía? ¿Cómo podía haberle abierto la puerta vestida solo con un camisón? Mi actitud no había sido decente. ¿Cómo había podido dejarme engañar por el tono de su voz detrás de la puerta?

Y si se lo hubiera contado, ¿no le habría humillado profundamente ese espantoso suceso? ¿Habría creído que tenía un lío con él, que era su amante? No podía soportar semejante vergüenza. No podía ni imaginar su reacción. No podía soportar los cotilleos, las cháchares, caminar por la calle Childebert o la calle Erfurth, con todos los ojos clavados en mí, las sonrisas de complicidad, los codazos, los susurros.

Nadie lo sabría. Nunca jamás lo sabría nadie.

A la mañana siguiente, ahí estaba, fumando en el escaparate de la imprenta. Temí no tener fuerzas para salir a la calle. Durante un rato, estuve ahí parada, fingía buscar las llaves en mi bolso. Luego conseguí dar unos cuantos pasos hasta la calle. Levanté la mirada, estaba frente a mí. Un largo arañazo le cortaba la cara. Me miró directa, abiertamente, con algo de fanfarrón en la postura. Deslizó despacio la lengua por el labio inferior. Yo enrojecí y aparté la mirada.

En ese instante lo odié. Ardía en deseos de arrancarle los ojos. ¿Cuántos hombres como ese hacen estragos impunemente por las calles? ¿Cuántas mujeres sufren en silencio porque se sienten culpables, porque tienen miedo? Esos hombres hacen del silencio su ley. Sabía que nunca lo denunciaría, que nunca se lo diría a usted. Y estaba en lo cierto.

Dondequiera que ahora esté, no lo he olvidado. Han pasado treinta años, nunca más lo he vuelto a ver y, sin embargo, lo reconocería inmediatamente. Me pregunto qué habrá sido de él, en qué viejo se habrá convertido. ¿Sospechará hasta qué punto ha trastornado mi vida?

Cuando regresó usted al día siguiente, ¿recuerda cómo lo abracé, cómo lo besé? Me agarré a usted como si mi vida dependiera de ello. Aquella noche me hizo el amor y tuve la sensación de que esa era la única manera de borrar el paso de aquel otro hombre.

Poco después, el señor Vincent desapareció del barrio; no obstante, desde entonces no he vuelto a dormir a pierna suelta.

Esta mañana ha venido Gilbert con pan caliente y unas alas de pollo asado. No deja de echarme miradas mientras como. Le pregunto qué ocurre.

—Ya llegan —acaba por soltar—. Ha pasado el frío.

No respondo.

—Aún estamos a tiempo —murmura.

—No —digo con firmeza.

Me seco con la mano la barbilla manchada de grasa.

—Muy bien.

Se levanta torpemente y me tiende la mano.

—¿Qué hace? —le pregunto.

—No me quedaré aquí para verlo —masculla.

Para mi gran desconcierto, le brotan unas lágrimas de los ojos. No sé qué decir. Me atrae hacia él, sus brazos rodean mi espalda como dos enormes ramas huesudas. De tan cerca, su olor es agobiante. Luego da unos pasos hacia atrás, molesto. Rebusca en el bolsillo y saca una flor en mal estado. Es una rosita de color marfil.

—Si cambia de opinión... —empieza.

Una última mirada. Gilbert sacude la cabeza.

Y se ha ido.

Estoy tranquila, amor mío. Estoy preparada. Ahora los oigo, el rugido lento e inexorable de su llegada, las voces, el clamor. Tengo que darme prisa para contarle el final de la historia. Creo que ahora ya lo sabe, que lo ha entendido.

Me he metido la rosa de Gilbert en el escote. Me tiembla la mano mientras escribo lo siguiente, y no es por el frío, no es por el miedo a los obreros que caminan hacia mi casa. Es el peso del momento, del que debo aligerarme al fin.

El niño era un bebé aún. No sabía andar. Estábamos en los jardines de Luxemburgo con la niñera, cerca de la fuente Médicis. Era un bonito día ventoso de primavera, el jardín rebosaba de pájaros y flores. Muchas madres habían llevado allí a sus hijos. Usted no estaba, de eso estoy segura. Yo llevaba puesto un bonito sombrero, pero el lazo azul se deshacía continuamente, bailaba a mi espalda con el viento. ¡Ay, cómo reía Baptiste!

Cuando un golpe de viento se llevó el sombrero volando, el niño explotó de alegría, sus labios dibujaron una amplia sonrisa. Su cara adquirió una expresión fugaz, con la boca deformada en un rictus que yo había visto antes y que no podía quitarme de la cabeza. Un rictus repugnante. Fue una visión horrorosa que me traspasó como una daga. Me llevé la mano al pecho y ahogué un grito. Preocupada, la niñera me preguntó si me encontraba bien. Me repuse. Había perdido el sombrero, que daba saltos por el camino polvoriento como un animal salvaje. Baptiste lloriqueó y lo señaló con el dedo. Conseguí recuperar la compostura y fui a cogerlo titubeante. Durante el trayecto, el corazón se me salía del pecho.

Aquella sonrisa, aquel rictus... Tenía ganas de vomitar la comida en ese instante, lo cual hice. No sé cómo logré regresar a casa. La joven me ayudó. Recuerdo que una vez en casa, subí directamente a nuestra habitación y pasé el resto del día en la cama, con las cortinas echadas.

Tiempo después, mucho tiempo después, tuve la sensación de estar encerrada en una celda sin ventanas ni puerta. Un lugar oscuro, opresor. Durante horas, intenté encontrar una salida: convencida de que estaba oculta en alguna parte debajo de los motivos del papel pintado, pasaba las palmas de las manos y los dedos por las paredes, en busca del marco de la puerta, desesperada. No era un sueño. La imagen me llenaba la mente, se mantenía mientras me ocupaba de las tareas diarias, me ocupaba de mis hijos, de mi casa, de usted. Desde entonces y para siempre esa celda me sofocaba mentalmente. A veces, tenía que refugiarme en el cuartito de estar contiguo a nuestra habitación para tranquilizarme.

Nunca volví a poner un pie en el preciso lugar en que se cometió el acto, a unos cuantos pasos de donde mamá Odette dio su último suspiro. Necesité meses, años para borrar de mi memoria lo que ocurrió, para que se atenuara el horror. Día tras día, cada vez que rodeaba el lugar sobre la alfombra, aparecía el recuerdo que evitaba. Lo ocultaba, lo borraba como se habría hecho con una mancha. Hasta que un buen día cambiamos la alfombra. ¿Cómo lo aguanté? ¿Cómo pude enfrentarme a aquello? Lo conseguí, eso es todo. Me erguí como un soldado antes de la batalla. El radiante amor que sentía por mi hijo y por usted triunfó frente a la monstruosa verdad.

Aún hoy, amor mío, no puedo escribir las palabras, no puedo formular las frases que expresan esa verdad. No obstante, la culpabilidad siempre ha pesado sobre mí. ¿Entiende ahora por qué, cuando murió Baptiste, estaba convencida de que el Señor me castigaba por mis pecados?

Después de la muerte de nuestro hijo, quise volcarme en Violette. Era mi única hija. Sin embargo, ella jamás me dejó quererla. Altanera, distante, un poco desdeñosa, creo que pensaba que yo valía menos que usted. Ahora, con la distancia que propicia la edad, me doy cuenta de que quizá haya sufrido porque yo prefería a su hermano. Ahora entiendo que, como madre, esa fue mi mayor falta: querer a Baptiste más que a Violette y demostrarlo. Qué injusto debió de parecerle. Siempre le daba al niño la manzana más brillante, la pera más dulce; el sillón a la sombra era para él, y la cama más mullida y el mejor sitio en el teatro y el paraguas si llovía. ¿Se aprovecharía Baptiste de esas ventajas? ¿Se burlaría de su hermana? Quizá lo hiciera a nuestras espaldas. Tal vez el niño acentuó la sensación de Violette de ser menos querida.

Me esfuerzo por pensar en todo esto con tranquilidad. Mi amor por Baptiste fue la fuerza más poderosa de mi vida. ¿Estaría usted convencido de que solo podía quererlo a él? ¿Se sentiría usted rechazado? Recuerdo que, un día, me dijo que estaba obsesionada con nuestro hijo. Lo estaba. Y cuando la repugnante realidad me estalló en la cara, aún lo quise más. Habría podido odiarlo, habría podido rechazarlo, pero no, mi amor se hizo más fuerte, como si debiera protegerlo desesperadamente de su terrorífico origen.

Tras su muerte, no pude deshacerme de sus cosas. Durante años, su habitación fue una especie de altar, un templo al amor que yo profesaba a mi niño adorado. Allí me quedaba sentada en un estado casi de estupor y lloraba. Usted era amable y atento, pero no me entendía. ¿Cómo podría? Violette, que se convertía en una joven, despreciaba mi pena. Sí, yo tenía la sensación de haber recibido un castigo. Sí, me quitaron a mi príncipe dorado porque había pecado y no había sido capaz de prevenir la agresión. Porque había sido culpa mía.

Solo ahora, Armand, cuando oigo acercarse al equipo de demolición por la calle, sus voces altas, las risas groseras, su beligerancia atizada por esa repugnante misión, me parece que va a repetirse la agresión de la que fui víctima. En esta ocasión, dese cuenta, no es el señor Vincent quien me someterá a su voluntad, utilizando su virilidad como un arma, no, es una serpiente colosal de piedra y cemento la que va a reducir a la nada nuestra casa, la que me lanzará al olvido. Y detrás de ese horrible reptil de piedras se erige quien lo comanda. Mi enemigo, ese hombre barbudo, el hombre de la casa. Él.

Esta casa es mi cuerpo, mi piel, mi sangre, mis huesos. Me lleva dentro como yo llevé a nuestros hijos. Se ha deteriorado, ha sufrido, la han violado y ha sobrevivido. Sin embargo, hoy se derrumbará. Ya no hay nada que pueda salvarla, que pueda salvarme. Armand, ahí fuera no hay nadie, nada ni nadie a lo que quiera aferrarme. Soy una anciana y me ha llegado el momento de desaparecer.

Después de su muerte, un caballero me persiguió con atenciones durante un tiempo. Era un viudo respetable, el señor Gontrand, un personaje alegre, rollizo y con unas patillas largas. Se encaprichó mucho conmigo: una vez a la semana, venía a presentarme sus respetos con una cajita de bombones o un ramo de violetas. Creo que también se enamoró de la casa y de las rentas de los alquileres de las dos tiendas. ¡Ay!, sí, es malévola su Rose. Su compañía resultaba agradable, lo reconozco. Jugábamos al dominó y a las cartas, y yo le servía un vaso de Madeira. Siempre se iba justo antes de la cena. Luego se mostró más atrevido, pero acabó por entender que no me interesaba ser su esposa. Sin embargo, con el paso del tiempo, seguimos siendo amigos. No quería volver a casarme como había hecho mi madre. Cuando usted ya no estaba conmigo, preferí quedarme sola. Supongo que la única que lo entiende es Alexandrine. Aún tengo que confesarle algo. Alexandrine es la única persona a la que echaré de menos. Ya la echo en falta. Todos estos años después de su muerte, me ha ofrecido amistad, que ha sido un regalo inestimable.

Curiosamente, en estos últimos y terribles instantes, me sorprendo pensando en la baronesa de Vresse. Pese a la diferencia de edad y de rango, tengo la sensación de que habríamos sido amigas. Le confieso que pensé en utilizar la relación que mantenía con el prefecto para atraer su atención y salvar nuestra casa. ¿No asistía a sus fiestas? ¿No había ido él a la calle Taranne, no solo una vez, sino en dos ocasiones? Pero, fíjese, nunca me decidí. Nunca me atreví. La respetaba demasiado.

Aquí acurrucada y temblando pienso en ella y me pregunto si se hace una idea de lo que estoy viviendo.

Pienso en ella dentro de su hermosa y noble morada, con su familia, sus libros, sus flores y sus fiestas. El servicio de té de porcelana, los miriñaques de color malva y su belleza. El enorme y luminoso salón donde recibía a sus invitados. El sol salpicando de luz el techo venerable y brillante. La calle Taranne se encuentra peligrosamente cerca del nuevo bulevar Saint-Germain. ¿Crecerán en otro lugar sus hijitas? ¿Louise Églantine de Vresse soportaría perder su casa familiar, que se levanta orgullosa en la esquina de la calle Dragon? Nunca lo sabré.

Pienso en mi hija, que me espera en Tours y se preguntará dónde estoy. Pienso en Germaine, mi leal y fiel Germaine, que sin lugar a dudas estará preocupada por mi ausencia. ¿Lo habrá adivinado? ¿Sabrá que me escondo aquí? Todos los días esperarán una carta, una señal, levantarán la cabeza cuando oigan el ruido de los cascos de un caballo en la entrada. En vano.

Mi último sueño aquí me parece premonitorio. Flotaba en el cielo, como un pájaro, y contemplaba la ciudad. Solo veía ruinas calcinadas de un rojo brillante, las de una ciudad arrasada, devorada por un inmenso incendio. El ayuntamiento ardía como una antorcha, un inmenso esqueleto a punto de derrumbarse. Todas las obras del prefecto, todos los planes del emperador, todos los símbolos de su ciudad moderna y perfecta, aniquilados. No quedaba nada, únicamente la desolación de los bulevares y de sus líneas rectas, trazadas en las brasas de los surcos como unas cicatrices sanguinolentas. En lugar de tristeza, me invadía una especie de alivio, mientras el viento empujaba una nube de cenizas negras hacia mí. Entonces me alejaba muy aprisa, con la nariz y la boca llenas de ceniza, y sentía una alegría inesperada. Se había acabado el prefecto, se acabó el emperador. Aunque solo fuera en sueños, había asistido a su caída. Y me había deleitado con ello.

Ahora se ensañan en la entrada. Ruido y detonaciones. Me da un vuelco el corazón. Amor mío, están en casa. Oigo los pesados pasos subir y bajar la escalera, oigo las voces rudas resonando en las habitaciones vacías. Seguro que quieren comprobar que no hay nadie. He cerrado la trampilla que conduce a la bodega. No creo que se les ocurra buscar aquí. Han recibido la confirmación de que los propietarios habían desalojado el lugar. Están completamente convencidos de que la señora viuda de Armand Bazelet se ha mudado hace quince días. Toda la calle está desierta. No vive nadie en la fila de casas fantasmagóricas, las últimas que aún se mantienen en pie valientemente en la calle Childebert.

Eso es lo que ellos creen. ¿Cuántas personas habrán hecho lo mismo que yo? ¿Cuántos parisienses no se rendirán ante el prefecto, ante el emperador, ante el pretendido progreso? ¿Cuántos parisienses se ocultarán en sus sótanos porque no quieren abandonar sus casas? Nunca lo sabré.

Bajan hacia aquí. Unas pisadas hacen temblar el suelo encima de mi cabeza. Escribo estas líneas tan rápido como puedo. Unas letras garabateadas. ¡Quizá debería apagar la vela! ¿Podrán adivinar la luz de la vela por las fisuras de la madera? ¡Ay!, espere..., ya se han marchado.

Durante un buen rato, solo se escucha el silencio, el latido de mi corazón y el rascar de la pluma sobre el papel. Qué lúgubre espera. Tiemblo toda yo. Me pregunto qué sucede. No me atrevo a salir de la bodega. Temo volverme loca. Para apaciguarme, cojo una novela corta que se titula *Thérèse Raquin*. Es una de las últimas obras que me sugirió el señor Zamaretti antes de dejar la librería, y que me resulta imposible cerrar. Se trata de una espantosa y fascinante historia de una pareja de manipuladores adúlteros. El autor, Émile Zola, no ha cumplido siquiera los treinta años. Su libro ha suscitado una formidable reacción. Un periodista lo ha ridiculizado calificándolo de «literatura pútrida», otro afirmó que era pornografía. Muy pocos lo felicitaron. Algo es seguro: de uno u otro modo, ese joven autor dejará huella.

Cuánto debe sorprenderle verme leyendo esto. Pero, entiéndame, Armand, es justo decir que la lectura del señor Zola nos confronta brutalmente con los peores aspectos de la naturaleza humana. La escritura del señor Zola no tiene nada de romántica, ni, por otra parte, de noble. El estilo es admirablemente vivo, a mí me parece aún más atrevido que el del señor Flaubert o el del señor Poe. ¿Quizá porque la obra es muy moderna? Así, la escena tristemente famosa en la morgue de la ciudad (un edificio cerca del río, adonde ni usted ni yo fuimos nunca, pese a la creciente popularidad de las visitas públicas) es sin duda uno de los fragmentos más evocadores que haya leído en toda mi vida. Aún más macabro que el incomparable señor Poe. ¿Cómo puede aprobar esa literatura su dulce y discreta Rose? Una buena pregunta. Su Rose tiene un lado oscuro. Su Rose tiene espinas.

De pronto, los oigo perfectamente, aquí mismo. Oigo cómo se agrupan en el tejado de la casa, un enjambre de insectos repugnantes armados con picos, y distingo los primeros golpes. Primero se enfrentan al tejado, luego van bajando poco a poco. Aún falta tiempo para que lleguen hasta donde estoy, pero acabarán por alcanzarme.

Todavía tengo tiempo de huir. Aún estoy a tiempo de lanzarme por la escalera, abrir la trampilla y correr al aire libre. Vaya espectáculo, una anciana con un abrigo de piel sucio y las mejillas manchadas de grasa. «Otra trapera», pensarán. No me cabe la menor duda de que Gilbert está ahí, estoy segura de que me espera, confía en que atraviese la puerta.

Aún es posible. Puedo optar por la seguridad. Puedo dejar que la casa se derrumbe sin mí. Aún puedo tomar esa decisión. Escuche, Armand, no soy una víctima. Es lo que quiero hacer. Morir con la casa. Quedar enterrada debajo. ¿Me entiende?

Ahora el ruido es espantoso. Cada golpe con el pico que se hunde en la pizarra, en la piedra, es un golpe que se hunde en mis huesos, en mi piel. Pienso en la iglesia, que observa todo esto apaciblemente. Ha sido testigo de siglos de masacres. Hoy apenas será diferente. ¿Quién lo sabrá? ¿Quién me encontrará bajo los escombros? Al principio, me daba miedo no poder descansar a su lado en el cementerio. Ahora estoy convencida de que eso no tiene ninguna importancia. Nuestras almas ya están juntas.

Le hice una promesa y la mantendré. No dejaré que ese hombre se apodere de nuestra casa vacía.

Me resulta cada vez más difícil escribirle, amor mío. El polvo se abre camino hasta mí. Me provoca tos, me silba la respiración. ¿Cuánto tiempo tardará esto? Ahora oigo crujidos y gruñidos horribles. Toda la casa tiembla como un animal que sufre, como un navío en medio de una tormenta.

Es indescriptible. Quiero cerrar los ojos y pensar en la casa tal y como era cuando usted aún vivía, en todo su esplendor, cuando Baptiste estaba con nosotros, cuando recibíamos invitados todas las semanas, cuando los manjares llenaban la mesa, el vino corría a borbotones y resonaban las risas en el comedor.

Pienso en nuestra felicidad, pienso en la vida sencilla y feliz que se tejió entre estas paredes, la frágil tapicería de nuestras existencias. Pienso en las altas ventanas brillando para mí en la noche, con una luz cálida que me guiaba cuando regresaba de la calle Ciseaux. Y usted me esperaba aquí, de pie. Pienso en nuestro barrio desahuciado, en la sencilla belleza de las callejuelas que brotaban de la iglesia y nadie recordará.

¡Ay!, alguien manipula la trampilla, me da un vuelco el corazón mientras garabateo estas letras, soy presa del pánico. Me niego a marcharme, no me iré. ¿Cómo pueden haberme encontrado aquí? ¿Quién les habrá dicho dónde me escondo? Un clamor, unos gritos, una voz aguda grita mi nombre una y otra vez. No me atrevo a moverme. Hay tanto ruido, no puedo distinguir quién me llama… ¿Será…? La vela vacila en la espesa polvareda, no hay ningún sitio donde pueda esconderme. Señor, ayúdame… No puedo respirar. El trueno encima. Se apaga la llama y escribo a oscuras, deprisa, asustada, alguien baja…

Le Petit Journal
28 de enero de 1869

En la antigua calle Childebert, arrasada por las obras que se llevan a cabo para abrir el nuevo bulevar Saint-Germain, se ha efectuado un macabro descubrimiento. Cuando desescombraban el lugar, unos obreros encontraron los cuerpos de dos mujeres, ocultos en la bodega de una de las casas derribadas. Se ha identificado a las víctimas. Se trata de Rose Cadoux, de 59 años de edad, viuda de Armand Bazelet, y de Alexandrine Walcker, de 29 años, soltera, empleada en una floristería de la calle Rivoli. Parece ser que murieron cuando se derrumbó la casa. Aún no ha sido aclarado el motivo de la presencia de esas mujeres en una zona evacuada, debido a las mejoras que gestiona el equipo del prefecto. No obstante, el verano pasado la señora Bazelet acudió a una entrevista al ayuntamiento durante la cual quedó consignada su negativa a abandonar la propiedad. La hija de la señora Bazelet, la señora de Laurent Pesquet, de Tours, afirma que esperaba a su madre desde hacía tres semanas. Este periodista se ha puesto en contacto con el abogado de la prefectura, quien ha declarado que el prefecto no haría ningún comentario.

Nota de la autora

Nací y crecí en París; igual que todos los parisienses, amo mi ciudad. Siempre me han fascinado su riqueza y su historia. Entre 1852 y 1870, Napoleón III y el barón Haussmann ofrecieron a París una modernización muy necesaria para la ciudad, la convirtieron en lo que hoy es.

Sin embargo, a menudo me he preguntado qué sintieron los parisienses que vivieron esas transformaciones y qué habría significado para ellos la pérdida de la casa amada. No cabe la menor duda de que esos dieciocho años de «mejoras», antes de que la Comuna tomara la ciudad, fueron un infierno para los parisienses. Zola lo describió y criticó brillantemente en *La jauría*. También

Victor Hugo y Baudelaire expresaron su descontento, lo mismo que los hermanos Goncourt. Pero por muy vilipendiado que haya sido Haussmann, esas obras fueron esenciales para crear un París realmente moderno.

En este libro me he tomado algunas licencias con fechas y lugares. No obstante, las calles Childebert, Erfurth, Taranne y Sainte-Marguerite existieron realmente, hace ciento cuarenta años. Igual que la plaza Gozlin, la calle Beurrière, el pasadizo Saint-Benoît y la calle Sainte-Marthe.

La próxima vez que se encuentren en el bulevar Saint-Germain, diríjanse a la esquina de la calle Dragon, justo delante del café de Flore. Verán una hilera de edificios antiguos que se mantienen milagrosamente en pie entre otros de estilo haussmanniano. Son los vestigios de uno de los lados de la antigua calle Taranne, donde vivía el personaje ficticio de la baronesa de Vresse. Un famoso diseñador americano tiene su tienda principal en uno de esos edificios, quizá en el que bien podría haber sido la vivienda de la baronesa. Echen un vistazo al interior.

Cuando suban por la calle Ciseaux en dirección hacia la iglesia, intenten olvidar el ruidoso bulevar que aparece delante de ustedes e imaginen la calle Erfurth, pequeña y estrecha, que les lleva derechos a la calle Childebert, la cual se encontraba exactamente donde hoy está situada la estación de metro de Saint-Germain-des-Près, a la izquierda. Y si en alguna ocasión ven a una sexagenaria presumida, con el pelo plateado, y a una morena alta cogida de su brazo, entonces, quizá, es que acaban de cruzarse con Rose y Alexandrine de regreso a sus casas.

TATIANA DE ROSNAY
París, enero de 2011

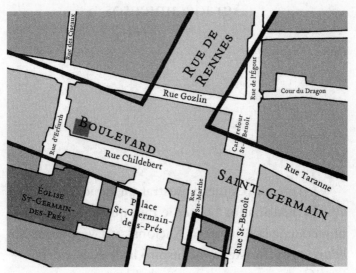

Saint-Germain-des-Près antes y después de las obras de Haussmann.
La casa de Rose, en el número 6 de la calle Childebert.

Agradecimientos

Ante todo, quiero mostrar mi agradecimiento al historiador Didier le Fur, que me inició en el universo de la Biblioteca Nacional, y a Véronique Vallauri, cuya floristería me inspiró la de Alexandrine. Gracias a todo el equipo de Eho.

TATIANA DE ROSNAY

LA LLAVE DE
SARAH

LA NOVELA EN LA QUE SE BASA LA PELÍCULA
PROTAGONIZADA POR KRISTIN SCOTT THOMAS

París, 1942. Las autoridades arrestan a 13.000 judíos. El pequeño Michel se oculta en un armario. Su hermana Sarah cierra la
puerta para protegerle y se guarda la llave. Pero el destino de
la familia Starzynski es protagonizar una de las páginas más tristes de la Historia.

París, 2002. Julia Jarmond prepara un reportaje con ocasión del
sexagésimo aniversario de la redada. La reportera reconstruye
el itinerario de los Starzynski y la lucha de Sarah por salvar a su
hermano. La epopeya de la niña judía será un ejemplo a seguir
para Julia y para quienes han vivido marcados por el peso de la
culpa.

BOOMERANG

Por la autora del *best seller*
LA LLAVE DE SARAH

Tatiana de Rosnay

Recordar la infancia puede despertar momentos anquilosados en la mente que harán que la vida no vuelva a ser la misma.

Antoine Rey no deja de darle vueltas a los últimos y dramáticos acontecimientos que le han sucedido: su divorcio, el vacío que le produce su trabajo, el alejamiento de sus hijos... Todo su futuro se ha desvanecido, y ya sólo le queda el pasado. Por esta razón, aunque de forma un poco inconsciente, regala a su hermana Mélanie por su cuarenta cumpleaños un viaje al lugar donde pasaban las vacaciones en su niñez, Noirmoutier.

Después del éxito mundial de *La llave de Sarah*, Tatiana de Rosnay construye con una sentida habilidad narrativa una novela envolvente, emotiva, en la que la nostalgia se retrata suavemente sobre los personajes en su más tierna edad y la intriga se cincela precisa a lo largo de sus páginas.

Todos tus
libros
en
www.puntodelectura.com